擂台旁邊

林育德——著

RINGSIDE

Professional
Wrestling
Stories

疼痛與風險都是真的
——關於林育德的《擂台旁邊》

吳明益（國立東華大學華文系教授）

像摔角手，戴上面具

取一個響亮好記的擂台名

有人說摔角是假的，那麼

人生，是不是確實為真？

——林育德，〈面具〉，《創世紀》176 期，2013

　　幾年前我負責學校的「東華文學獎」，出現了關於詩行限制規定的爭議。我打電話給幾位評審，既請教日後如何修改辦法期待能更周延，也聊聊這些年輕作者的作品。詩人陳黎提及了林育德，讚賞他的文字才情。獲獎的是一首題為〈晾著〉的詩。那詩裡有一種低迴卻不陌生的憂鬱，一種寫作者年少時代的共同憂鬱。不過文字的意象卻讓人揮之不去。有一段時間我在花蓮晾衣服時，都會無來由地

想起這句「這個島上只剩下兩種季節／衣服會乾的，以及乾不了的」。

育德的求學過程頗有猶豫，他先是離開花蓮，而後再回來花蓮。我和育德的師生關係，在他大學時期並不是非常緊密。研究所時他出現在我的課堂裡，我漸漸感受他內斂性格裡的溫情。他在文學上沒有傲慢或偏嗜的狀況，一次與他談話時，他跟我說要嘗試寫小說。許多同齡的年輕人，會說自己擅長寫某種文類，彷彿已經肯定了自己某種身分。育德以詩作拿過幾個獎項，被視為極具潛力的青年詩人，卻能不以詩人自況，這一面意味著他仍在游移，一面也暗示著他不是一個自我框限的人。

我帶學生寫小說的過程，並非讓他們去讀「小說怎麼寫」的書。相對地，我要他們同時去練習或思考幾件事。第一，試著像法國小說家莫泊桑（Maupassant）所說的「站在這團火和這棵樹前面，直到看出它們和其他的火與樹有什麼不同為止」。也就是從日常生活裡培養觀察力與表現力。其次，能判斷具有「小說感」的生活、新聞或任何感官的片段，找到故事的沃土。第三，找出屬於自己的「時間箭」，也就是屬於自己的敘事節奏。

與此同時，我始終希望他們得把自己拋擲到生活裡

頭，我期待他們盡可能四處遊蕩、結識他人，閱讀文學以外的一切。

「小說感」大概是許多年輕的作者，對我的語言最感迷惑的部分。因為我不曾用精確的定義去表達，只是不斷舉例來比附。這使得他們也漸漸會拿自己身邊發生、閱讀到的段落問我：這算是有小說感的事件嗎？

育德本是個摔角迷，他告訴我想寫摔角小說時，坦白說我心底是有所懷疑的。但從他的眼神我看出一種平靜的執拗，那裡頭有著我還不明確理解的動能。有一回育德給我看了幾個關於摔角的小故事。其中之一是：「六、七〇年代間，在北美曾一度風行與熊摔角的流行，其中更有三隻熊在摔角史上留下名字，分別是 Ginger，Victor 以及 Terrible Ted，最有名的是 Terrible Ted，擔任摔角熊達二十四年才退休。」另一則更有在地氣味：「1970 年，基隆一位爆米花小販陳錦池，因看人潮聚集在冰果室外觀賞摔角節目錄影帶而嗅到商機，將自家錄影機作為傳送節目的訊號源，外連至鄰近家庭中，讓客戶在家中就可以收看，免去出門租借的麻煩，這個舉動被視為是台灣最早的第四台系統，而職業摔角也就成了最早的有線電視節目內容。」

我告訴育德，你的小說似乎有眉目了，這是多麼迷

人的開頭、多麼像細胞分裂伊始啊。接下來的時光，育德花在閱讀摔角的各種文獻（從資料性到電影）、親臨摔角現場、聽其他熱愛摔角的觀眾與相關從業者講他們的故事……，他站到了擂台旁邊，那可不是象徵性的，而是真正地靠近那些寫作的根、力量的核心。

有一回育德提到關於日本摔角手「三澤光晴」在接近四十七歲生日前死在擂台上的故事。他說，很多人都質疑摔角是「玩假的」，但確實有一些摔角手在比賽中死去，這還能說是「假的」嗎？這讓我想起荷索的電影《陸上行舟》（Fitzcarraldo）。

荷索為了重現探險家 Fitzcarraldo 的故事（此人冒險進入亞馬遜森林開採橡膠，並希望在森林的中間建成一家歌劇院），竟要演員和工作人員，使用原住民的技術，以刀砍出一條路，並使用木材與麻繩，將一艘船拉過山頭去。這事雖然未竟全功，但在世界電影史上足以記上一筆：倘若拍電影時實際將一件已被遺忘的事「再做一遍」、「實際做一遍」，然後用鏡頭陳述出來，這還能說是「虛構」嗎？

在接近口試前，我收到育德的書稿，在閱讀裡我漸漸迷失在育德告訴我的摔角故事、摔角史、摔角手的生命史

裡，它們和小說裡小城廣場的大樹、誤點的列車、近在咫尺的山脈與海洋連成一體。文字上也終於漸漸擺脫「年輕詩人林育德」，呈現出屬於他的「時間箭」，他的小說節奏。我不再覺得讀育德的小說是在讀小說了，它有能力帶我進入一個世界，一個文字結構出來的世界。

　　這本小說得以出版，得感謝麥田出版社副總編輯秀梅的慧眼。在這十篇小說裡，讀者不單是可以看到詩人林育德與小說家林育德，你還會讀到一系列迷人、在台灣未曾見過以摔角為背景（除了唐捐以摔角為喻的詩作以外），充滿故事性與哲思的文學作品。

　　十個故事以一個摔角板主的辭職信開始，收束於一班晚班列車、一個受傷引退的摔角手，巧遇一個年輕摔角迷的談話。許多謎題，都在故事與故事間緩步揭開。我最喜歡的兩篇作品是〈面具〉和〈阿嬤的綠寶石〉。〈面具〉是一篇極傷感的愛情故事，一個在廉價旅館工讀的摔角迷，獲得罕見的「虎面」面具。他漸漸愛上一位皮條客帶來接客的小姐，最終決定戴著面具去另一家旅館向皮條客指名她。那個虎面既是擂台上，也隱喻著隔了一層，始終錯過的人間關係，讀來令人感傷。至於〈阿嬤的綠寶石〉寫的則是祖孫藉由摔角微妙的情感聯繫，可能非摔角迷會

懷疑，阿嬤也會看摔角嗎？身為在大學時被朋友影響而看了一段時間的人如我，答案是肯定的。我猶記彼時曾在電視上看過台語轉播的摔角比賽，充滿了一種跳接、唐突的喜感與歡樂節奏，那是屬於台灣電視史、摔角史、庶民史的一部分。育德毫不做作地將台灣的日常寫進這麼一個特殊題材裡，因而顯得舉重若輕，遂以動人。

這些小說就像那方小小擂台，看似呈現的是一場場套好招的表演，實際是日日苦練並且冒著風險以性命相搏的「真實」。育德以這本小說，真正地踏入了小說的擂台。並不是說育德能以這部書得到「小說家」的名號或成就（真正的小說家知道那並不重要），而是這部小說充滿了一個人對探知「人的情感存在」的欲望。小說的擂台不是捉對拚搏的擂台，也不是「最後站立者勝利的比賽」（last man standing match），而是一個隨時可以跨繩進出，也許短暫在上頭展示結實生命肉體的世界。

在〈阿嬤的綠寶石〉裡，寫到墨西哥摔角手 Perro Aguayo Jr. 那場喪失了生命的比賽。不過擂台上的其他摔角手，不知道是刻意或無意，仍舊完成了那場「比賽」。事後知名摔角手 MVP（Montel Vontavious Porter）寫給 Perro 一段哀悼文，是這麼說的：

我們總把明天視為理所當然，早晨開車上班工作，回家，理所當然，對吧？當職業摔角手進入擂台，我們了解也認知到危險，並且努力降低風險——但，危險永遠存在。「不怕死」是職業摔角眾多要素裡最字面上的描述，只是一些出眾的運動員使這一切看來都太容易了。

　　告訴生命裡重要的人你愛他們，撥電話給因為忙碌而忘記問候的人，人生旅程裡沒有太多時間去完成這些事，沒有人應允我們明天必然來到……。

　　這是歷經滄桑的摔角手多麼動人的一段告白，竟也像這本年輕小說家第一本小說那般，是乾淨、純粹的告白。在那首育德也題為〈面具〉的詩作最後一段，育德寫道：「摔角是表演，摔角手說。／按著腳本與流程，用身體演出／激烈的肉搏，而觀眾並不知道／疼痛跟風險，都是真的」。

　　這讓我想起小說家尤薩（Mario Vargas Llosa）在《寫給青年小說家的信》裡的一句話：「虛構是掩蓋深刻真理的謊言。」育德正在朝這個方向走去，朝向一個小說家／摔角手的路上而去。

目錄 CONTENTS

★

　　當這場戲中的英雄或惡棍，在幾分鐘之前還充滿義憤，且因此擴大為一種形上的象徵，他離開摔角場，冷漠、莫名，拎著小手提箱，和妻子手牽手，沒有人會懷疑，摔角擁有蛻變的力量，一如在奇觀表演和宗教崇拜中所常見到的力量展現。在摔角台上，以及甚至在他們自願的恥辱深處，摔角手保持神般的地位，因為在片刻間，他們是開啟自然的鑰匙，是劃分善惡的純潔姿勢，他揭開終於顯現的正義形式。

──羅蘭·巴特，《神話學》，第一部　流行神話，〈摔角世界〉

★

辭職信 The Resignation Letter

ringside99

摔角諮詢區
板主

〔公告〕請辭板主

致　「摔角博物館」諸位摔友：

這是我最後一次以「摔角諮詢區」板主的身分發言。

七年前，從站長傳來的一封訊息開始，我接下摔角諮詢區的板主。至於加入論壇、成為摔角博物館的摔友，則是十年前的事了。如果用摔角來比喻，史上持有 WWE 冠軍天數最多的，是 Bruno Sammartino 選手的 2,803 天——七年又兩百四十八天；而持有新日本 NJPW 頂級腰帶 IWGP 重量級冠軍最多天的，則是棚橋弘至選手的 1,358 天——三年又兩百六十三天。

舉出這些數據，當然不是在把自己對論壇的貢獻，跟兩位摔角界的巨人相比。而是純粹

想要讓各位試著揣摩：七年與十年究竟有多長？究竟可以發生多少事？

　　七年的板主任期，確實是苦甜交雜。許多摔友應該都還記得，幾年前東部發生的摔角模仿意外事件，但更多摔友不知道的是，我擋下了事發當日稍早在論壇貼出的事件宣言。雖然執行了板規，確實刪除違規的文章，卻沒有能力進一步阻止憾事發生，這是我在板主任內最遺憾的事。事件發生後湧入的流量，一度造成論壇當機，資深的摔友應該記憶猶新吧。之後，好奇的網友離開了，喜歡摔角的我們則繼續守在這裡。衷心希望類似的事件不再重演，也希望此事能永遠警惕各位摔友。

　　這些年，我們一起看了美國 WWE 的兩次台灣巡迴賽、新日本的連續台灣遠征、甚至是更早的數次全日本台灣大賽。大賽期間，論壇文章數量持續暴增，摔友在論壇上張貼心得、分享照片，到場的摔友相互交流心得與戰報，沒能到場的摔友也能聞香賞圖，一起同樂。

　　如果沒有預算參加國外團體的賽事，近年來蓬勃發展的台灣摔角，也相當值得關注，從

IWL、TWT 到 NTW、TEPW，甚至我們一起見證了東部 PCLW 的誕生，職業摔角正式越過中央山脈，這必定是台灣摔角史上的重要大事。希望論壇的摔友們能像以往一樣繼續支持本土摔角的發展，期盼本土的下一個國際級摔角手，能在各位見證下誕生、成長。

遺憾的是，我們無法阻止電視台粗暴更換真正熱愛職業摔角的播報員，但我們曾在論壇積極抵制、串聯，就算不能改變電視台的決策，至少也讓橘色播報員知道我們在乎他。能跟各位一起為了摔角奮鬥、發聲，是非常光榮的事。

幾位收藏家摔友不吝和我們分享私人典藏的摔角聖品，甚至在不能繼續收藏時，將珍品轉給論壇上的摔友收藏，分享和鼓勵一直是摔角博物館的精神，請讓我向各位表示敬意。

面對死亡，除了發生在我們近處的模仿事件，令人感到痛苦之外。每一年，我們都要送走這個業界，許許多多英年早逝的摔角戰士。這個時刻，沒有摔友再去區分美摔迷、日摔迷，每一個有摔角手過早離開的日子，我們都是哀傷的摔迷。

言盡於此，本來想要瀟灑為文，竟也感傷了起來。

　　謝謝所有在摔角諮詢區出題考我的摔友，謝謝幫助我解答的摔友，請各位與新任的兩位板主，寫下新的智慧結晶，存入精華區，為還沒有加入我們的摔迷，先解答他們可能會問的問題。請各位放心，我並沒有要離開摔角博物館，只是將這個讓我跟各位一起學習、解題的重擔暫且卸下，交棒給後起之秀，重新回歸一個單純的摔友。

　　我將把這七年板主任期內的點點滴滴，化為創作的動力，期待最終交出一部小說與各位見面，內容還有待努力耕耘，但書名早已決定了。

　　就叫作──《擂台旁邊》。

　　再次叩謝七年來的支持與指教
　　祝論壇發展順利，也祝各位平安健康

　　　　　　　　「摔角諮詢區」前板主　ringside99

面具 Tiger Mask

「你好，休息還是住宿？」

這句話，我每天要問上幾十次。只要貝魯諾的自動門一打開，我幾乎就會像反射動作般的說出這句話。記得剛開始上班，遇到這種情況，甚至還會緊張得瞬間起立，久了以後，就只是動也不動，像一台躲在櫃台後的人體答錄機，面無表情的吐出這句話。

我在一間破舊的旅館工作。我們總是跟客人說，走路到後火車站只要五分鐘，其實應該再多加幾分鐘。如果用跑的那就沒問題了，我自己就跑過幾次，如果沒在地下道的樓梯上摔個狗吃屎的話，絕對可以在最後一秒跳上火車。但說真的，這樣的旅館連我都不想住，是那種走投無路、下錯車站又因為太晚無車可搭的可憐蟲，僅存的幾個選擇，所以我從來沒有接待過任何看起來像是出門旅遊的客人。我常跟學長笑說，貝魯諾如果少了那些來休息的客人，早就倒了。

學長是我的學長，這不是廢話嗎？老實說我並不知道他的名字，可能他說過但我忘了。學長跟我輪流排班，只是因為大夜班櫃台讓男生上好像安全一些，才會錄取我們吧。從晚上八點到早上八點，守護這間破破爛爛的貝魯諾旅館。其實啊，招牌上寫的是旅社，但「社」這個字的廣告燈箱壞掉了，遠遠看起來就是「貝魯諾旅█」，反正經理也不打算找人修理。

　　說到學長，我們都是附近同一所大學的米蟲學生，我是注定要延畢的大四，學長大六。學長差一點就要被退學了，還好我這屆取消了二一制度，不然我應該會比學長早被學校踢出去。學校不有名，也不老，至少比貝魯諾新多了，但時機歹歹，少子化啊高等教育全面崩壞啊，什麼爛客人都要接才能生存，這一點跟貝魯諾倒是蠻像的。

　　「客人再爛，錢不是爛的就好。」這是經理結束面試，決定錄取我時說的。當時我還不知道，往後他會一再重複這句話，只比我問客人「休息還是住宿」的次數少了一點而已。在貝魯諾上班其實算是輕鬆，經理其實就是老闆，只是他要我們叫他經理。只要記住三件事：不准遲到、不准跟馬伕聊天、不准跟警察說經理就是老闆。

　　啊，還有，客人再爛，錢不是爛的就好，這句可要常常複習才是。什麼客人都先接下來，收錢第一，之後的事，

之後再說。

　　　　　　　　　　　●

　　櫃台裡有一台超老舊的電腦，兩台有些老舊的電視
（雖然是舊型但功能還行），電腦旁總是擺著兩本冊子：
一本用來登記住宿客人資料的登記簿，還有一本包著合
成皮的記事本（合成皮因為受潮太久，變得有點黏手）。
跟櫃台看來連成一體的，是一組有著十四個格子的木製架
子，依照房號一格放一把鑰匙，貝魯諾有三層樓，一層樓
四個房間，印象中十二個房間好像從來沒住滿過。另外兩
格稍大，一個放著所有房間的備份鑰匙，另外一格空著，
用來放電視遙控器——如果沒被當班的人弄不見的話。

　　通常我上班還算專心，如果記得帶充電器的話就專心
玩手機，或者專心看電視，可是今天有點例外。

　　我還是菜鳥的時候，常參考學長在合成皮記事本上寫
滿一整頁的工作流程與守則，還有一些他的工作小撇步，
學長陪我實習了兩個大夜後，我們就開始輪班了。經理是
希望我們一人一天啦，但通常我會把六日的班都吃下來，
也許前後再加一天，這樣才有休息的感覺嘛，週間則大部
分是學長上，因為他假日很常回台北，說他假日都去約

會，好像也對。

自動門開了。

「你好，休息還是住宿？」

兩個身影緩緩走進貝魯諾，我抬起頭，發現是管區，立刻把住宿登記簿遞了上去。熟練的把椅子滑向電視，手伸向電視右後方，把一團電線中的一個端子拔掉，那是播A片的信號源，不過管區從來沒有檢查過這件事，但寫在手冊上，做久了也變成反射動作了。管區其實對我們很好，不過，也不算真的很好啦，就是一種例行公事，不找我們麻煩就夠好了。今天跟著他的像是菜鳥，很緊張的四處張望，看起來跟我沒差幾歲。

「今天有沒有什麼奇怪的人？」

「有啊，就你們。」

管區翻了一秒的白眼，沒翻完整。

「還沒開始送貨喔？」管區看了一眼我背後的時鐘問。送貨指的是應召業者，他們開著九人巴在這一帶的旅館出沒，小姐都在車上，客人先進旅館說要休息，進房後和馬伕確認旅館、房號，馬伕會帶小姐到房門口，如果OK就付錢交易，不喜歡的話馬伕會再帶別的小姐過來。說真的，我們這種旅館的生意大半得要靠他們，如果只靠那種純情羞澀的小情侶，或是躲躲藏藏的外遇組合光臨，

我們早就倒了。

「唉唷，我怎麼會知道幾點開始送貨啦。」

「假肖，走了啊。」管區把住宿登記簿丟回櫃台。

菜鳥警察差點撞上自動門，我忍住笑。警察一走，再把播 A 片的信號端子接回去，從左邊電視裡的一號跟二號分割畫面可以看到他們上警車，緩緩開走。電視上有十六個分割畫面，分別顯示著貝魯諾上上下下、裡裡外外的十五支監視器，但是六號跟八號壞了，九號則是一直閃爍，應該不久就要壞了吧。不可能會修的，相信我。

通常我應該要在警車靠近時，就先準備好被臨檢。當紅色藍色的警示燈在舊電視上的監視畫面裡，就像一坨一坨白色的氣泡交錯閃著的時候，我應該要馬上就注意到的，可是我今天不太專心，所以才有點手忙腳亂。

●

學長跟我會在合成皮記事本上留話給對方，正確來說，應該是連經理跟白天的櫃台都會在上面留話，大多數是工作上的事情，好比說這一頁：

- 303：冷氣壞掉，先不要賣　大夜
- 4/28 302 客人住四天
  （經理：沒事注意一下，怕自殺）

- 205：客人說有蟑螂
- ~~201：枕頭不見~~ （白班：找到了，在衣櫃後面）

- 4/29 21:14 臨檢
- 5/1 20:42 臨檢 （今天好早！）
- 5/3 21:19 臨檢

　　學長跟我的留話則是從筆記本的最後開始寫起，因為在學校並不熟，所以大部分就是客客氣氣的閒聊，寫下半夜的電視有什麼好看的節目，哪一家馬伕的小姐穿得比較誇張之類的。但是，半夜的電視節目實在沒什麼好看的，久了我開始看起 X 頻道的日本摔角節目，因為 X 頻道播出的摔角節目常常跳來跳去、不照次序，甚至會還沒打完就切掉了，或是插入冗長的壯陽廣告——我還不如看我們自己的色情頻道呢。有時我就在筆記本上寫下對戰組合，如果學長有看到摔角比賽後續的話，再寫上勝負結果。

　　寫著寫著，到後來，出現在筆記本上的內容，大部分

都跟摔角節目有關了。有一天學長留話給我：

> 最近搞不好會拿到一個面具，要嗎？好像是虎面的面
> 具，不確定幾代。
>
> 虎面！！！！！好啊！！！
>
> 面具來了。放在電腦下面的櫃子，記得你超愛虎面，
> 上班戴著啊 XD

　　這就是我這一天不太專心的原因。我把裝著面具的塑
膠包裝細心摺好墊在大腿上，用手指輕輕撥弄面具兩側的
白毛，如果面具戴上，這些白毛應該是相當於落腮鬍的位
置。只要稍微沒有客人，我會時不時拿出來偷看一下，我
坐的角度只能偷看到半邊的面具。就像中學時代在桌子下
偷看漫畫那樣，一次半邊，看夠了再換邊。我在腦中把面
具的全貌拼湊起來，雖然這是左右對稱的面具，我還是覺
得虎面的左臉跟右臉，有一點點不一樣。

我敢打賭所有進出貝魯諾的人（包括管區跟馬伕啦），
只有我跟你知道這是虎面的面具。

　　星期五晚上，我拿到學長給我的面具，在筆記本上匆匆寫下，他要星期二才會看到了。我不僅知道這是虎面的面具，還知道：這是二代虎面的面具！虎面在日本摔角的歷史上應該有四代，現在活躍的是第四代虎面。可惜台灣沒有播到後來這麼新的摔角賽事，我是從網路上知道關於虎面的事蹟的，在所有摔角迷都知道的論壇「摔角博物館」上，就有不少美、日摔角的最新進度與情報，更別提論壇上還有蒐集一堆面具的瘋狂同好，真羨慕，哪來的錢啊。學長好像沒有特別喜歡的摔角手，倒是我，一看摔角不久，就被二代虎面迷住了。

　　我是先喜歡上曾經扮演二代虎面的摔角手，才開始在網路上找他以往的比賽，不管畫質好壞我都看完了，才知道他曾在生涯早期戴過面具。我認識他的時候，他早已不戴面具了。更讓人哀傷的是，他在六、七年前死掉了。但他的身影還是常常出現在 X 頻道，這是一個讓人猜不透播放順序的頻道，偏偏又是台灣唯一播日本摔角的頻道。有

時候，看到古早時代的比賽，或者已經掛掉的摔角手，我總在想，搞不好很多只看電視的觀眾，根本就不會察覺到他們已經死掉好多年了吧。不知道這是一種幸福，還是一種哀傷，我真的不知道。

「大半夜的，又在看摔角，跟你學長一個樣，」有時經理會忽然從後門走進貝魯諾，通常這個時間，他已經在地下室的經理臥室睡著了才對。半夜的經理穿著吊嘎，頭髮沒梳、兩眼無神，就像在公園找人下象棋的阿伯，跟平時上班那種老紳士的樣子完全不同。

「已經沒人看摔角了啦。」「哪會啊？」

「我年輕的時候，住在台北石牌，啊，忘了你是小城人，你也不知道我在說哪裡吧？當年有電視就是不得了，冰果室還是雜貨店如果能放一台電視，保證生意好到不行。當年我們看的是用錄影帶播的日本摔角，你有沒有聽過力道山、馬場、豬木啊？那時候，附近有個賣爆米花，叫做陳錦池的，這傢伙腦袋真好，他把自己家的錄影機當成信號源，播摔角啊有的沒的給附近的鄰居，後來真的給他搞出頭，第四台搞不好就是這傢伙發明的。他賺翻了，他的第四台公司好像就叫做『新幹線』還什麼的。但是時代不一樣了啦，現在沒人看摔角了。」

「喔喔，剛好轉到而已啦，半夜沒什麼好看的，經理

晚安。」經理忽然對我說了一長串的深夜講古，晚上不睡覺的老男人真的有點可憐。上班以來我一直想找機會問經理，為什麼我們要叫做貝魯諾啊，又不好念又奇怪，但實在沒遇到好時機。經理好像看穿我在敷衍他，喃喃說了些什麼，我聽不清楚，只見經理擺擺手，走回地下室去了。

●

大夜上久了，身體會開始變得奇怪，我發現自己在上班的空檔是思路最清晰、腦袋最清楚的時候，回到住的地方，或是久久去一次的學校，反而都昏昏沉沉提不起勁。所以我沒有把面具帶回去，而是放在貝魯諾的員工置物櫃裡，當班的時候就帶到櫃台，邊上班邊拿出來看，光是摸一摸，就很滿足了。

我在網路上查了摔角手的面具，才發現有幾種類別，最頂級的叫做試合用版本，意思是有著跟摔角手在擂台上實戰戴的面具完全一致的做工、材料，如果是摔角手戴過的，更是珍貴；再來是收藏用的版本，材料會稍微差一點；最平易近人的則是量販的版本，普通的材料、量產的做工，塑膠感很重。在台灣要買到摔角手的面具，除了透過代購，就得在拍賣網站上碰運氣了，有時遇到想脫手的賣

家剛好賣的是自己喜歡的面具，這種情況實在是可遇不可求。就算在日本或美國，在市面上流通的也大多是量販的商品型面具。我雖然沒有真的親眼比較過這三種面具的差別，但我手上這個面具，可能要比商品型的再高級一點，放到網拍至少也有幾千塊的行情，不知道學長到底是從哪裡弄來這個面具的？對學長來說可能沒什麼，但對我來說，這真是個大禮。

　　一個男人接近櫃台，「你好，休息還是住宿？」我問。

　　「嘿，我在等休息完啦。」是這一帶生意最好的馬伕。

　　「喔。」不准跟馬伕聊天。

　　馬伕靠著櫃台點起一支菸，問我有沒有菸灰缸，我拿給他，雖然法令已經規定很多地方不能抽菸了，但我們這種地方，客人最大，客人不舉發我們也就被動配合吧。

　　「在看摔角啊，那不是打假的嗎？」我點點頭，沒回話。他瞥了眼櫃台內的電視，今天播的摔角節目居然跟昨天一模一樣，這個頻道的工作人員到底有沒有在上班啊。

　　「你也是 R 大的學生吼，聽你學長說的，他還說，經理叫你們不能跟我們聊天。真奇怪，講兩句話是會死喔。」他朝我噴了一口煙。靠，果然是學長的作風，油條到不行。「對啦，這樣萬一有什麼事，跟我們旅館沒關係比較好。」

這樣應該不算跟馬伕聊天吧，就像馬伕如果去便利商店買菸，店員回答總共多少錢這是發票找您多少錢，這應該不算聊天才是。

「管區我們也都有在拜好不好，沒有天天在出事的啦。」

「經理交代的，可是他睡了，偷聊幾句還好啦。」

算了，講幾句話真的不會死。

「其實我也算是你學長欸，抽菸嗎？」馬伕把菸盒在我眼前晃了晃。

「不用了，我沒抽，」我抬頭對上馬伕的視線，「啊？學長？」

「我是 R 大 ㄕㄜˋ ㄐㄧㄥ 系的——社會經濟系啦，哈哈哈。」

「……不好笑。」

一個女生從 102 房走出來，跟馬伕點了個頭，兩人往後門走去。「學弟，走了唷。」「他是你學弟喔？」那個女生邊走邊問他，靠，誰是他學弟啊。我側身看向電視裡十三和十四號監視器的畫面，看見他們走向廂型車，女生拉開後座的車門，上車，關上車門，馬伕又抽了一口菸，把菸頭丟在地上，沒踩，上了駕駛座，灰色廂型車亮起車燈，駛出了貝魯諾的停車場。我看著空曠的停車場監視器

畫面，腦中卻開始重播那個漂亮女生的樣子。她的左耳後有一個星形的刺青，是新來的，之前沒看過的女生。

過了一會，102房的男人把鑰匙還回來退房，從前門離開貝魯諾，我一眼都沒看他，他也是。通常這種客人也不想要跟我們有什麼眼神交流。我在電腦上註記102房已退，需要打掃。

已經凌晨四點了，應該不會再有客人了，我輕輕的把虎面拿在手上，放在櫃台的桌面上，小心不讓面具沾到黏手的合成皮記事本，還是把面具帶回去好了。我舉起手，反覆遮住一邊的眼睛，就像視力檢查那樣，再把手放下，好好比對兩個半邊的虎面面具跟完整的虎面面具的差別，就這樣看著面具，想著左耳後有星形刺青的女生，直到下班。

●

這不一定吧，搞不好很多人知道，
你不戴看看怎麼知道別人可不可以認出來？

會看摔角的人都很低調不是嗎，搞不好很多人知道。

學長的回覆好像有道理，想問他到底怎麼會有這個面具的順便謝謝他，卻又忘了。

　　馬伕有時連續帶了三、四個小姐進去都被客人打槍後，會看起來超級不爽的在大廳邊抽菸邊講電話，不久，會有另外一台廂型車開進後門的停車場。後來我問他，他說這叫做同業支援，「奧客越來越多了，別家調小姐來我們還要另外貼他們一筆車馬，不管有沒有真的幫忙到，」「為什麼不會真的幫忙到？」「那種超會打槍的客人，最後常常都嘛說我要剛剛那個第一個，幹！我整個晚上是只有他這間要送喔，什麼沒有，龜毛一堆恁老師咧！」

　　馬伕有時也會說笑問我畢業打算幹麼，乾脆來當他的學徒好了。

　　「你看起來超正經，搞不好很適合。」

　　「我一點都沒有被誇獎的感覺。」

　　「也有可能你一來做，就會變成我這樣了啦，學弟。」

　　如果我知道畢業要幹麼，就不會搞到要延畢了，當初一心只想離開住了十八年的小城，到很遠的地方讀大學，反正只要能離開東部什麼都好。R 大是個還不錯的學校，憑良心說，而且離台中市區不近也不遠，最慢一個小時就到了，大部分的學生都是中部人，一到週末學校幾乎變成空城。如果我要回家，一趟少說也要四五個小時，來回就

差不多要耗掉一天了，除了剛上大學那年回去得比較勤，都只好等寒暑假才回家了。但最近卻老在想回家的事，這樣下去好像也不是辦法，只是躲在學生的身分下面，兼一個老舊旅館的大夜班賺點屁錢，專門接待嫖客、馬伕、管區，主管是好像有很多祕密的經理老頭，同事則是比我更混的大六延畢生。每天除了看次序混亂的摔角節目沒有別的重心，重複無聊的問候跟註記，生活好像過得去，但說到底，人生好像卡在爛泥裡，卡久了，連怎麼翻身都忘了。

　　學長因為明天要期中考，要我今天半夜十二點來接他的班。

　　「你還知道要考試喔，學長？」

　　「閉嘴啦，我過這一科就可以畢業了，我第四次修，跟老師超熟。」

　　「搞不好就是超熟才一直當你，」

　　「放屁，我要走了，二樓兩間住宿，三樓有一間。今天很怪，沒有休息的。」

　　我走進櫃台，邊聽學長交代邊看電腦上的房務打掃註記。「對了，面具你拿回家了吧？之前幹麼一直放在貝魯諾啊？」學長問我。「我回去也不會看啊，上班還比較多時間慢慢欣賞。」「那是拿來戴的，不是欣賞的。對了，你有看到你老家的新聞嗎？」「什麼新聞？」學長低頭滑

了滑手機，把一則新聞秀給我看：總面積達八千餘平方公尺的小城市區廣場開發案，建設公司以十億元得標，將興建六星級酒店與商場，小城首長樂觀其成……。又是我老家小城賣地的新聞，整個小城都快被賣光了。不知道我的高中好朋友老崎、猴子、阿迪、何仔，對這個新聞有什麼想法？

「你們家縣長好威喔，果然是五星級，賣地一流，要起飛了啦還不趕快返鄉迎接小城新時代。」「屁啦，我是有在想這學期完就休學回家了，但跟這個鳥事沒關係好不好。」「哈哈哈，之後再聊，我現在要對付的鳥事是明天的期中考，先走啦。」

這些年小城變了很多，再不回去把想看的地方看上幾眼，恐怕再也看不到了也說不定。這個學期結束，就回家了吧。

●

「如果要叫你們，要怎麼打電話啊？」有一次我問馬伕。

「幹麼那麼客氣，你直接跟我講就好了啊，都那麼熟了。」

「沒有啦，我是幫我同學問的。」

「這麼好，幫我介紹客人，我寫電話給你，有沒有筆？」馬伕在一張名片大小的紙片上寫下聯絡的電話跟通關密語，通關密語如果沒被警察釣魚的話，一個月換一次，如果下個月才要叫，你再問我，馬伕說。

「欸，等一下，你不要亂把電話流出去喔，還是你在幫管區臥底？」

「不是啦，我認真的。」

「你如果害我，我會找人把你們阿貝大旅社整個翻掉喔。」馬伕笑著說。

「什麼阿貝，貝魯諾啦。」

「我知道叫做貝啥淼碗糕的啦，很難念我們都嘛說阿貝，反正你們經理也是個老阿伯，這樣比較好記。」

「你下次在經理面前跟他說。」

「我才不要，他又不會回話。」

看著紙片上的通關密語，這是什麼通關密語啊，說出來好丟臉，我想。

「為什麼不會回話？」

「你新來的喔，不准跟馬伕聊天啊。」

下著雨的晚上，我背著沒放什麼東西的背包，帽 T 的帽子遮住半張臉，偷偷快步經過貝魯諾的大門，瞄見學長在裡面當班，應該是在看摔角吧。我走到不遠的「聖瑪提旅館」，跟貝魯諾同一年代的裝潢風格，怎麼都是這種怪名字？問了櫃台的中年男子，休息跟住宿的價錢都比我們貴一些，難怪生意被我們吃死死。付完休息的錢，上了二樓的房間，一陣很濃的霉味迎面而來。唯一的對外窗正對著隔壁的房子，完全看不到街上。

　　我撥了馬伕的電話，好不容易說出通關密語，指名要找左耳後有著星星刺青的女生，聽見馬伕油腔滑調的稱讚我消息真靈通，這個新來的你內行，送到阿貝大旅社嗎？喔喔，你在阿聖大旅社喔，我跟你說，下次你住阿貝比較便宜，服務又好，櫃台還是我學弟，那個，請問房號。

　　「沒問題，十五分鐘到喔，衣服先穿好啦，不喜歡再打槍就好嘿。」

　　原來這就是等送貨的心情啊，我打開背包。

●

　有人敲門，我從門上的貓眼看出去，是她。

　她沒有被我開門的動作嚇到，但她還是嚇了一跳，「我可以嗎？」她說。

　我的視線變得比平常狹窄很多，我點點頭。

　「好，那你等一下。」她進門，把手提包丟在床上，拿出手機，大概是跟馬伕回報吧。

　「為什麼要戴面具啊，好奇怪。」她脫掉高跟鞋，少說超過十公分。

　她湊近我，不，應該說湊近面具，「這可以碰水嗎？是老虎？」

　「是虎面。碰水？」

　「不然怎麼洗澡？」她說話的聲音像一串發亮的星星。

　「洗澡？」

　「你該不會是第一次叫小姐吧，那你怎麼知道要指定我？啊，都是你的面具害的，不好意思，我們要先收。」她對我伸出手，我把早就放在口袋的錢付給她。

　她把錢點過、收好，在我旁邊坐下，身上的香味像看不見的手環繞我，她撥弄著虎面上方的耳朵，面具下我的

耳朵卻熱了起來，「這是做什麼用的面具？好精緻喔。」我的陰莖緩緩腫脹。

「那個，可以不要洗澡嗎？」

「什麼意思？不行喔，要洗澡，要戴套，不然不接。」

「我沒有要做。」

她整理了一下及肩的頭髮，燈光昏暗所以看不出究竟染什麼顏色，「所以？要看我自己來，還是怎樣？」我盯著她耳後的星形刺青，她褪去黑色的窄裙，露出黑色的蕾絲內褲。

「我只是想要認識妳，有多少時間啊？」

「四十分鐘一節，超過的話要加錢，」她在我眼前晃了晃設定好的手機鬧鈴，「剩下三十五分鐘。」

「欸，戴面具的，真的不做？」

「不做。聊天就好。」我對我的陰莖說謊。

●

面具在我脖子上壓出勒痕，雖然我看不到，坐在後火車站前的便利商店裡，面具已經收進背包了。我喝了口無糖綠茶，回想和小真的對話。

小真是她的名字，我不確定是不是真的。我不是第一

個問她名字的客人，她要我先說。那，叫我阿虎好了。為什麼？因為這是虎面的面具，所以叫我阿虎好了，很好記吧。什麼虎面，明明就是老虎。虎面是一個日本摔角手，這是二代的面具。還有分代啊，跟電動一樣，這個不便宜吧？不知道，別人送我的。欸戴面具的，阿虎，你說話也好像我們這行的。什麼意思？說了很多，可是什麼都沒說的意思。妳還沒告訴我妳的名字。

阿虎聽起來就像假名字，那你叫我小真好啦。

哪一個真？很真的真。

這是藝名還是假名？你覺得呢？

我不知道啊。

都是。

「我可以問妳耳朵那個刺青嗎？」

「很多客人都會問我刺青的事，煩死了。你也要問我什麼時候刺的，為什麼要刺，代表什麼意思對吧？可是我說的搞不好都是編的。」

「那我不問那些，欸問妳喔，妳什麼時候要把刺青洗掉？」

「哈哈，白癡。」小真已經把裙子穿回去了。

小真問我是職業軍人還是當兵放假，知道我說自己是可憐的延畢大學生後，說大學生哪裡可憐啊，我本來也想

讀大學的。小真說她以前是讀美工科的。這句話是真的？嗯，真的。你是不是沒有朋友才找小姐聊天，我看你也不是硬不起來啊，不會浪費？我只是想認識妳。你怎麼知道我？我看過妳，記得妳的刺青。

咦，在哪裡看過我？還是你朋友叫過我？

可以不要說嗎。

很多祕密，好，很公平。

我們就這樣繼續聊著，聊著不去追問真假的話題。我忍不住告訴小真，我很快就要離開這裡了。

「回去哪裡？」

「小城，在東邊。好山好水好無聊，去過嗎？」

「沒有。有很漂亮的海跟山，對吧？聽客人說過，可是好像很遠。」

「嗯，真的很遠。」

小真給了我她的電話。我隨時會換號碼喔，只是啊，如果你下次還要這樣浪費錢的話，倒不如有空陪我聊天好了，這樣賺你的錢我也不好意思。但說好喔，不給外約。掰掰。

掰掰。

便利商店落地窗裡我的倒影，頭髮壓扁的樣子看起來很可笑。

我又在聖瑪提約了小真兩次，但還是都有付錢。真的，還是都沒做。

　　馬伕在電話那頭揶揄我，啊又是持久的帥哥打來，又要找小真嗎？大哥你真的很猛，每次都讓我在下面等很久，很少看到那麼厲害的客人了，是不是我們小真服務不好？不過如果不好你也不會一直叫她吧，你平常都吃什麼補身體啊？

　　我懶得跟馬伕多話，也怕說多了會被認出我的聲音。反而在貝魯諾遇到馬伕的時候，我會下意識摸摸臉頰，以為自己還戴著面具。「學弟，你的臉是有長什麼喔？」我搖搖頭。在貝魯諾看到小真的時候，她幾乎沒有看過櫃台一眼，而且，她很少被打槍。

　　「又是你，吼，我不是說你找我聊天就好了嗎？幹麼又花錢。」小真今天綁馬尾。

　　「我怕妳在忙，我有點習慣這種有時間限制的聊天方式了。」

　　「白癡，你是很有錢是不是，要不要乾脆包養我？」小真直接躺了下來。

「我很累，難得工作時間可以躺一節，我躺著跟你聊喔。」她把眼睛閉上。

「好啊，欸，妳會不會想要看我的臉？」

「不會。」

「為什麼？」

「因為是你對我有興趣，我對你又沒興趣。」

小真身上的香氣蓋過了房間內的霉味，聽她這麼說，我不知道該接什麼話好。

「不過啊，說真的，你真的是個怪人。」

「怎麼說？」我也在她旁邊躺下，小真輕輕挪動身體，我還是忍不住勃起。

「這還要問嗎？雖然你說你叫阿虎，可是我想到你的時候，」

「想到我？」

「不是你以為的那種想，」

「喔，我又沒說什麼。」

「我是說，想到你的時候，我都會想到衛生毛巾。」

「衛生毛巾？」

「對啊，衛生毛巾，不知道什麼時候開始，便宜旅館都改用這種衛生毛巾了。」

「妳是說不織布的那種吧？」

「對啊，而且很臭。你不覺得嗎？」

我當然知道為什麼，因為衛生毛巾比真的毛巾送洗便宜多了，可能也真的衛生一些吧，但我沒說。

「你不覺得好笑嗎？明明就是不織布，可是說自己是衛生毛巾。就像你告訴我你叫阿虎，我告訴你我叫小真。就像你戴面具，卻從來不做。」

「只要大家覺得那個東西是毛巾，它就是毛巾。」

「嗯，很白癡，可是好像是真的，大家也都當成毛巾來用，雖然很難用。這就是我想到你的時候會想到的東西。」

「妳說衛生毛巾的時候，我還以為妳在講摔角。」

「什麼摔角？」小真張開眼睛，轉過頭來看我，「你戴的這個面具的摔角喔？」她伸手摸著我的額頭，應該是虎面面具的額頭，虎面的眉心有一顆像是寶石的裝飾，我看過紅色的版本，但我戴著的是綠色的。

「很多人說摔角很假，可是我覺得是真的。」

「那到底是不是真的？」

「對我來說是真的。」

「嗯。」

小真不小心睡著了，直到手機鬧鈴響起才吵醒她，離開前在房門口忽然親了我一下，「老客戶的福利。我月底

這個週末休假，你有空的話打給我，不要再花錢了。」

「欸，再問一次，妳真的不會想看我的臉？」

「不會。」小真笑著說，「我有點習慣這種有面具限制的臉了。」

我摸著小真親在我臉上，不，親在面具上的地方。

「欸，沒有親到臉啊。」

「誰叫你要戴面具？掰掰。」

小真的身影從我的視線中消失，但她身上的香味還在。

「掰掰。」我說。

●

我終於問到學長怎麼會有這個面具，他在筆記本上寫說，好像有一個面具收藏家大清倉，賣掉他所有的摔角面具，沒人知道原因。但學長沒對我那麼好，絕對不是專程去競標來送給我，那個收藏家的面具，有些用送的，有些則是放在拍賣網站上賣，底價非常佛心，一下子就賣光了。學長大概就是拿到好心人送出的面具了吧，可是這個面具，看起來不像是不值錢的商品型面具，是不是好心人搞錯了？我沒有繼續問下去。

我忘了告訴小真的是，這個月底，我就要回小城了。學校那邊已經辦好休學，經過系辦，看見牆上貼著同班同學考上研究所的榜單，感覺是與我完全無關的事。今天上班的時候，我也打算告訴經理，不知道是要請經理幫我告訴學長比較好，還是我自己說？還是自己說吧。新聞說，老家的廣場就要動工了，我把消息告訴小城的兄弟們，在電話裡，我們約好要去看廣場最後一眼，就在廣場開工前，再不去就沒機會了。我提議在廣場玩一場摔角，要他們等我，我會把虎面的面具帶著，他們都非常期待，希望趕快見到我，還有虎面面具。

經理沒說什麼，只說會幫我把薪水補成整數給我，祝我當兵順利。

提早拿薪水那天，是學長當班，學長雖然嘴巴說唉我以為你也會讀到大六的，至少找好接班人再回去嘛，要我一個人上到爆肝喔？朝我胸口揍了一拳，這是祝福的一拳啊，學長說。住的地方已經清空，該寄的東西也都在回小城的路上了。我只留下簡單的隨身行李，四天後的火車，我終於打電話給小真，希望能在回去小城之前，再見她一面。

小真問我要在哪裡見面？就後火車站前的便利商店吧。

下午原本是我的補眠時間，但連續幾天的整理，空空蕩蕩的房間，讓我毫無睡意，手機在清空的櫃子上發出聲

響，是老家的兄弟們傳來的訊息——讓我決定今晚就回小城。

我急著打給小真，問她：能不能改成今天見面？

「為什麼這麼急啊？」

「因為，我今天就要回小城了。」

「那你回來我們再見面就好啦。」

「我應該不會回來了。」

「什麼意思，那學校呢？」

「休學辦好了。」

電話那頭沉默許久。

「好，我知道了，一樣約在後站對面便利商店嗎？」

「嗯。」

「你幾點的火車？」

「快十一點。」

「我臨時有事回家了，現在搭火車回去應該九點多到。」

「至少可以見一個小時。」

「吼，你這麼急著回去幹麼啦？」

「沒有辦法，見面再跟妳說。」

「好啦，」我似乎可以想像小真說這兩個字的表情，「欸，不要戴面具。」

「那妳怎麼認我？」

「白癡，你認我啊，不然還有電話。」

「好啦，晚上見。」正想把「掰掰」說出口，電話已經掛了。

●

時間在車站站名藍底白字招牌間的大時鐘上逐漸流逝，越來越接近小真班次預定抵達的時間，我走向後火車站的大廳，抓緊手中的牛皮紙袋，把四天後的火車票換成今天的日期，還好是平日，還有座位。才走進大廳，就發現顯示時刻的電視螢幕上，所有最近班次的後方都出現了誤點訊息。

誤點從二十分鐘開始，意味著我跟小真可能的最後一次見面只剩下四十分鐘，就像我們之前的每一次見面。

然後是三十分鐘，小真用訊息告訴我列車停在隔壁縣的某個小站旁，才剛離開小站不久，列車就停止不動，車內廣播說某處發生事故，在此臨時停車。我手中的牛皮紙袋不小心從手中滑落，我急忙撿起，還好裡面的東西仍然安好的放在袋中。我走向售票口，試著向站務人員詢問誤點的情況，站務人員說他們的資訊也很有限，只知道是異

物入侵線路，但如果是傷亡事件的話，誤點的情形可能會持續擴大。站務人員對稍早換票的我還有印象，對我說不用擔心，你要搭的車是不同方向的，沒有影響。

小真傳來列車再度發動的訊息，但那是最後的訊息了。我考慮了幾種情況，但顯然後來發生的是最糟的情況，我在列車開動的前一秒跳上藍皮列車，是唯一一班慢速開行，終點站是小城的，載我回家的夜車。我後來才知道，當我跳上列車時，小真的列車開動後不久，卻又在幾分鐘後的山洞深處停了下來，完全收不到任何訊號。

我希望小真看到我的訊息，抵達車站，從後火車站的剪票口出來後，記得到售票口拿走我留給她的牛皮紙袋，袋口留有因為焦急等待而被我用力捏出的皺褶，可能還有緊張而沾溼的手汗。我希望小真拿到我留給她的牛皮紙袋後，會發現裡面的物品仍然保持安好。那是她看過的，我的樣子。那是她看過的虎面面具，而上面留有我的味道——比不上她左耳星形刺青上不會散去的香味，但也絕對不會是衛生毛巾的味道。

我希望，告訴小真我真正的名字，讓她看面具下我真正的樣子。

然後，對著她不緊張的再說一次：掰掰。

我希望。

廣場 West-Sea Plaza

　　……猴子跟阿迪打了二十多分鐘，兩個人都用手撐著大腿，彎腰大聲喘氣，「差不多該結束了吧，警衛突然回來怎麼辦？」我說，阿迪點點頭，猛然使出一記長矛衝刺（spear）把猴子撞倒在地。接著阿迪吃力的爬上旁邊的板模，站在一大疊板模的最上方。至少有一層樓高吧，我也不確定，板模疊得非常整齊，好像才剛送來的樣子，畢竟工地就快要舉行真正的開工典禮了，當然我沒看過板模是怎麼運來的，只是瞎猜。然後，我完全沒有想到阿迪要用的會是這一招。

　　我忽然想到，應該把這一幕拍下來留個紀念的，於是叫阿迪先等一下，我拿出手機，往後退了幾步，確認能夠把阿迪、躺在地上的猴子跟擔任裁判的老崎都拍進去為止。希望手機鏡頭的感光度夠高，我想。工地很暗，幾個月前才重新搭起的圍籬遮住了工地四周的光源，圍籬比一般的工地高級很多，不是破破爛爛的那種鐵皮，都快比旁邊飯店挑高的一樓大廳高了。圍籬外面還貼上大張的輸出

海報，印上六星級飯店跟購物中心的示意圖，還用好醜的字體印著「東台灣經典地標即將登場」、「人文指標、超越時尚、絕對首席」、「響應首長開發大魄力、建設小城打造新未來」之類的怪句子。

只有旁邊速食店挑高大型招牌發出的黃光，跟幾支在夏夜裡孤單照明的路燈，才能勉強照進工地，也勉強照進我們正在打摔角的地方。偏偏在還算看得清楚的地方，卻有一道巨大的樹影，看起來就像是從工地角落的老松樹身上爬出來的。我還記得小時候這棵樹就在這裡了，原本應該有兩棵的，但是比較大的那棵老榕樹已經不在了。

「攝影大師何仔，你好了沒啊？地上超髒的欸。」猴子不耐煩的問，躺在地上準備被壓制。

「我要拍了啦，阿迪，你應該把這招取個名字吧？」

「名字喔，我想一下，既然我們這麼討厭西海廣場被賣給財團蓋什麼六星級飯店加購物中心，就叫做『西海跳水式六星撲擊』好啦！我的宿敵，受死吧！就用這招來打敗你這個財團猴子。」阿迪不知道從哪裡又抽來幾塊板模，把自己站的地方又墊高了一些，現在看起來是真的很高了。

「幹，我選錯角色了，你站那麼高，我不想當財團打手了啦。」猴子說。

「你自己猜拳猜輸的，不要屁話了，吃我這招懷舊超人的必殺技！」阿迪大喊。

「小聲一點啦，白目喔。」裁判老崎要大家壓低聲音，他一開始就反對這件事。

「何仔，你準備好了沒？沒拍到要重來的話，換你來躺這裡。」

「有啦有啦，我用連拍模式，安啦。」我準備好了。

「媽的懷舊超人你給我跳準一點喔。欸，阿迪這樣真的不會太高嗎？」

「我都不怕了你怕啥洨，猴仔你專心看我這裡，要來了喔——」

所謂的撲擊呢，英文是「splash」，就是用自己的身體往對手的身體撲上去，兩人會以腹部作為第一接觸點，被許多知名摔角手用來當成結束比賽的大絕招，像是已故的艾迪·葛雷諾（Eddie Guerrero）選手就是出了名的蛙式撲擊（Frog Splash）愛用者，從擂台角柱上一跳，在空中像游泳的蛙式一樣四肢往身體縮再完全伸展開來，真的就像青蛙跳躍一樣；至於身體素質極佳的 RVD（Rob Van Dam）選手，更在技術上改良了蛙式撲擊，起跳的高度更高，甚至可以在半空中改變身體撲擊的方向，因為不是

普通的蛙式撲擊，所以就叫做五星級蛙式撲擊（Five-Star Frog Splash）⋯⋯這是我從網路論壇「摔角博物館」看來的。

懷舊超人用右拳敲了敲自己的胸膛，伸直雙臂，雙手比出食指指向地上的財團猴子，縱身往財團猴子身上跳去，將要使出一招漂亮的撲擊。等懷舊超人撲擊下來，他會順勢使勁壓住財團猴子，立刻一手勾住對手的大腿防止他掙脫，裁判老崎也會立刻往兩人身旁一趴，開始讀秒，每讀一秒就用手拍擊地面一次：「One！Two！Three！」數到三秒，壓制成功，裁判會舉起懷舊超人的手，宣布比賽結束。

懷舊超人擊敗財團猴子，為西海廣場出了一口氣，然後我們就可以一起自拍打卡，還要記得標記張充忠讓他羨慕到不行，就可以收工閃人了。

　　——你這個財團打手
　　——看我的「西海跳水式六星撲擊」
　　——把我們的西海廣場還來
　　三、二、一、跳——

我的手竟然開始抖了起來，按下手機畫面上的拍攝

鍵，螢幕以虛擬的方式秀出鏡頭連續開闔的動畫，正當我後悔忘了把閃光燈打開，眼角餘光瞄到懷舊超人起跳前絆了一下，他後來才加進去的幾塊板模因重心不穩而滑開，當下可能只是一瞬間的事，現在回想起來卻非常緩慢，只是雖然緩慢，卻無法停下來。懷舊超人的身體離開了整疊板模，他跳得不夠遠，我甚至不敢肯定他是不是真的跳了，懷舊超人往地面掉落，我想不起來他落地的聲音，離財團猴子偏了有一段距離。

懷舊超人摔了下來，腹部沒有跟任何東西形成第一接觸點。

阿迪摔了下來，頭部落地。

阿迪在地上動也不動，有液體從頭部滲出，我們看不清楚。

我的手機掉在地上，確認過阿迪後我跑回去撿了起來，手止不住的顫抖，按下撥號鍵。最近的醫院就在工地圍籬外不遠處的路口，但我們無法搬動阿迪穿過我們偷溜進工地的電動伸縮門縫隙。時間久到似乎不會有人來了，終於有別的光源從工地圍籬下方的縫隙射入，紅色的間歇閃光。老崎帶著穿反光背心的人彎腰穿過電動伸縮門縫隙，他們進入工地，蹲下來看了看阿迪，觸摸阿迪的脖子，一邊用呼叫器說著些什麼，邊說邊搖頭，另外一個穿著反

光背心的人提著一袋器材接上阿迪的身體，幫阿迪翻身戴上護頸，猴子跟在後面幫忙拿來擔架，穿著反光背心的人叫我們先不要搬動阿迪。然後是紅色與藍色交錯的間歇閃光射進工地，幾個警察走近，蹲下來查看阿迪，與穿著反光背心的人交談，警察用手電筒照我們的臉，一一確認我們的身分，寫在小簿子上。一個男人匆忙走進工地，匆忙走進門旁的簡陋警衛室，拿鑰匙解開鐵鍊，電動伸縮大門終於慢慢打開了。

我只記得電動伸縮大門開啟時馬達運轉的聲音。阿迪再也沒有機會聽到了。

●

西海廣場曾經是我們的共同回憶，多年前小城還沒那麼多觀光客，小城裡的飯店還沒蓋得到處都是，廣場旁邊的西海飯店當時也還算是氣派得很。更別提小城第一家連鎖速食店就開在廣場旁邊，缺少娛樂的小城學生族群，放學時間總把速食店塞滿。我們在這裡辦過同學轉學的歡送會，學會抽菸後回家前要到速食店廁所把味道蓋掉再回家，老崎的初戀女友也選在這裡把他甩了，說這裡是小城年輕人的課外活動中心，一點也不誇張。

上了大學後，大家只有長假才會回到小城，我們還是在速食店聚會，開車的話就把車停在廣場裡，那時小城市區停車尚未開始收費，猴子還跟我在半夜的廣場練習過開車，猴子先考到駕照，廣場則是我第一次開車的地方。早期的廣場除了停車，三不五時會搭起棚子辦什麼家電展售會、園遊會啦，還有公部門的一些假日活動，畢竟這是小城市區中心難得的一塊空地，聽說更早以前市公所還在這塊地上呢，但那是我們出生前的事情了。

　　跟廣場齊名的另一個空地則靠近海邊一點，就是現在新夜市旁的停車場，小城居民叫它七期重劃區，這兩塊地大多時候是空地跟廣場，有時候則是臨時活動的場地。但是，有一種用途我們絕對不會忘記，而且是跟小城歷史緊緊纏繞在一起的用途：選舉造勢場地。

　　雖然小城立縣以來，一直都是藍色政黨主政，但綠色政黨的基本盤也很穩，只是兩黨勢力沒什麼消長，長期都是藍色占優勢。我記得立法委員還沒減半的時候，小城有兩席區域立委可選，總是一席藍一席綠，後來改成一席，綠的就沒戲啦，不過後來藍色長期內訌、分裂，趁著總統與立委合併選舉、第三次政黨輪替不可阻擋的氣勢，長期耕耘的綠色立委終於拿下了久違的小城席次，這事引來不少關注，還上了全國新聞和政論節目呢。

但也好在市區有這兩塊位置極佳的空地，又相隔有一段距離，所以每到選舉前夕，特別是選前之夜，綠的選在西海廣場造勢，藍的則在七期重劃，或是顛倒，剛好一個顏色一塊，不用搶。有很多年綠的不知是不長進還是乾脆放棄，兩個藍色政黨的自己人互相對決時，他們也是各占一塊空地辦活動，你選西海我就選七期，活動中段來個大遊街，兩邊人馬分別沿中正路兩旁掃街兼嗆聲，各自繞行市區一小段後回到原來的場地來個大呼口號、明天一定贏，早早回家睡覺明天記得去投票喔。

　　缺乏刺激的小城，與其說是對政治狂熱，倒不如說是對看熱鬧狂熱。有太多次選前之夜我跟好兄弟們在七期與西海來回穿梭，你拿了幾支旗子啊，我有背心還有帽子，靠，你那裡有發便當喔，不早講，欸講真的啦，遊街有沒有發錢？

　　七期重劃區被政府標售的傳聞首先傳出，後來西海廣場也宣布標售出去，甚至小城地方報還特別報導，一副小城經濟即將起飛的樣子，看來是真的賣掉了。在外地看到新聞的我非常錯愕，在臉書分享這則新聞，寫上一小段話：

西海廣場若標售成功　七期重劃區也能翻身

價格應由市場決定　不宜多加設限（小城日報）

——市區最重要的兩塊空地消失了，被賣掉了，

以後市區再也沒有大型空地辦活動了，回憶也被賣掉

了。

---

13 個人都說 👍 讚　　　9 則 💬 留言　　　➤ 分享

阿迪　哇加起來快二十億耶，小城賺翻啦

老崎　又不是小城人賺的，賣大家的地……都沒人要

抗議？

猴子　我絕對不會説這兩筆交易可以讓小城的政客爽

賺 !!!!

老崎　暑假回小城一起去繞繞吧　以後沒了

阿忠　動工前去空地上撒泡尿拉個屎當作紀念（順便

抗議）

阿迪　+1　要不要順便打手槍 XD

猴子　+1　樓上髒死了幹

老崎　+1　好 XDDDDDD 回去約

何仔　來玩一票大的吧，在我們的青春廣場～

我們後來在線上又討論了好幾次，敲定好大概的時間，但還沒有明確想好要在西海跟七期做些什麼，結果猴子那個暑假被當太多科，暑假要重修沒回小城，我們的青春紀念儀式就這樣順延下去了。

　　沒想到七期跟西海的標案又各自發生變化，先說七期吧，這塊地多年來已經標售過好幾次了，最近一次得標金額是八億多，結果到了繳清期限，得標業主卻沒有來繳，視同放棄得標。聽說是因為政府限制太多，要在一定時間內開發，也有人說是因為海邊的殯儀館說要遷址也說十幾年了，卻一直沒有下文，影響業者的意願之類的。後來政府索性把海濱夜市的攤販都趕到七期旁邊，蓋一個新夜市，七期就繼續當停車場、跨年晚會場地，還有小城首長最愛的演唱會加煙火秀的場地就好啦。

　　至於西海呢，招標出售之後不到三個月，政府發出聲明說前次得標已依程序完成廢標，將擇日重新招標。這可不得了，七期標了出去結果變成放棄得標，現在西海標了出去卻是廢標，讓小城居民議論紛紛。這些年來對西海有興趣的財團太多了，不乏知名的高級文青書店集團，董事長還曾帶著高階主管跟好幾冊詳細的營造、經營計畫來拜訪小城首長，但最後也不了了之。對小城政府更丟臉的是，這塊地從近二十億的預期金額，一路流標下殺到十幾

億，最後來到大概十億左右，後來更是不對外說明原因的宣告廢標。廢標效應還引來小城地方人士在報紙上吵起架來，有聲音說既然廢標了，那政府大可以把西海廣場規畫成綠地美化用途，剛好可以成為市中心的小城之肺；另一派人則用力反對，他們說小城什麼都缺，最不缺的就是綠地，拿一塊可以帶來龐大經濟效益的土地去種花種草簡直是腦子壞了，這樣下去小城的商業發展只會永遠低迷。

但這幾年明明觀光客就越來越多，哪來的商業低迷啊，商業蓬勃得很，只是小城本地居民要忍受更多改變罷了。例如市區開始收停車費了，飯店越來越多，民宿立案數破了上千家，非法營業的恐怕更多倍。原本就非常狹窄的市區道路，從只有過年才會上演的一年一塞車，成了每到週末的一週一塞車，要是三天以上的連假，小城人都會相互提醒，這幾天絕對別出門啊，包準塞車塞到吐血。還有小城人也搞不清楚的紅珊瑚、貓眼玉藝品店，比便利商店展店的速度還驚人，反正是開給觀光客的。市區開始實施停車收費的前一年，西海廣場成了委外經營，不能自由進出的收費停車場，後來停車場經營不善收了，但廣場出入口都放上了水泥製的紐澤西護欄，不讓車輛任意駛入。有人傳說是「對岸的」外資透過管道偷偷接手了這塊地，等文件備齊、手續辦妥，下個月就要開發了喔，但下個月

喊了幾年還沒來。各種謠言傳來傳去，無法查證、捕風捉影的占了大多數，但大家親眼看到的就是，西海廣場空在那裡，什麼也沒發生。

　　既然空地跟廣場都沒賣成，漸漸我們也忘了要大搞一票的事，到我們大學畢業這一年，西海廣場才又有了動靜。

●

　　這一年暑假，老崎和我都考上研究所了，阿迪決定等兵單先當完兵再說，猴子不意外的要延畢一年。某天晚上，我們約好回高中母校打籃球，一直打到晚上十點多。我們四個人組一隊打三打三，其中一個當板凳輪替，整個晚上打下來，被電了不知道幾場，高中時我們可是班際籃球賽冠軍的先發五虎耶，時間真是殘酷，大學四年，暴肥的跳不動了，抽菸的喘不過氣了，還在讀高中的學弟簡直把我們當豆腐在打。

　　說是先發五虎，其實還少一個張充忠，阿忠，他在中部讀大學，坐車回小城一趟少說五六個小時起跳，很少回家，聽說他平日在小旅館上大夜班打工，我們四個在學校不遠的便利商店外聊天，忽然聊起了阿忠。

「我問你們喔，阿忠有沒有順利畢業？」猴子叼著菸問。

「你怎麼好意思問這個問題啊，延畢猴。」

「靠，不能關心一下我們當年最強的控球後衛喔？」

「就算他延畢，應該也是為了賺錢還學貸啦，搞不好變成旅館大亨光榮返鄉。」

「對啊，自願延畢跟被迫延畢是完——全——不一樣的。」

猴子跟阿迪打鬧起來，我的手機響了，正好是阿忠打來。我開了擴音，好讓四個人都能聽到他說話，大家輪流抱怨少了他在球場上，其他人都只會扯後腿，結果他卻沒有回應籃球的話題，直接問我們知不知道西海廣場賣掉的事情。

「消息傳到中部是不是要很久啊？不是幾百年前就賣掉又流標了。」

「不是啦……上次是廢標不是流標，這次真的賣掉了，也真的要動工。」

「你怎麼知道？你又不在小城。」

「都上全國的大報紙了啊，而且月底就要開工了喔。」

「幹，真的假的啦，哪一家說的，丟連結來看。」

阿忠傳來一個連結，西海廣場的動工日期是小城首長在台北出席活動時，親自對媒體宣布的好消息。

　　「靠，太扯了吧，偷偷來喔。」

　　「還有更扯的咧，五個月前就辦過開工典禮了，可是一直沒動靜。」

　　「為什麼啊？」

　　「你們沒發現西海廣場的圍籬換新的了嗎？」

　　「對啊，上個月颱風把靠近中華電信那一側的圍籬吹倒了嘛。」

　　「這樣解釋也可以，地方報還幫腔說等颱風季過再動工比較好。」

　　「那到底是為什麼？」

　　「為什麼？為什麼你們都回小城了反而不看地方報？看連結啦我懶得講，月底應該就會真的動工了，等動工我們就沒機會到裡面玩了，順便跟你們說，我大夜班做到月底而已，等我回去啊，不要偷跑啦！」

　　「為什麼做到月底啊？身體不行了喔？」

　　「是心累了，我應該要延畢，可是我不想讀完了，先當兵吧。」

　　「認真的喔，決定了？」

　　「認真的。我月底回小城。」

「長假都不見得會回來的阿忠，居然願意為了西海廣場回小城啊，好感人喔。」

「幹，這次不去以後就沒機會了，而且我已經想好要在廣場做什麼了！」

「要幹麼？」

「我們幾個來打一場摔角，五個人剛好可以打雙打，二打二，老崎你這臭俗仔就當裁判好了。」

「靠，為什麼是摔角啊？」

「總比拉屎尿尿打手槍好玩多了，可是為什麼是摔角啊？」

「我學長送我一個超帥的面具，是虎面的面具欸，那就來打摔角好啦，我當虎面！一邊扮演代表小城的好人，對上另一邊財團的壞人組合。怎麼樣？」

「欸我不像你們有在看摔角啦，要怎麼打啊？」

「何仔跟阿迪不是多少有看一點嗎？很簡單啦，他們兩個負責指導。」

「超酷的，我要打！」

「我對裁判這個角色沒有意見。不要太超過就好。」

「爽吧，欸欸，我先不講了啦我要上班了，等我喔。」

我們四個分別拿起自己的手機看阿忠傳來的地方報新聞連結：

〈褐根病重症不治　再見，西海廣場老榕樹〉

小城日報：黃先勇／報導

　　小城政府已標售的公有地「西海廣場」，於得標廠商施作圍籬時，發現工地內兩棵近百年的老松樹與老榕樹皆有病況，其中老榕樹因樹根已海綿化、空洞化，恐有傾倒之虞，已於日前剷除。為留住老松樹，政府特別行文委請農委會林試所人員實地勘查，初步判定兩棵老樹的病因並不相同，全力搶救老松樹。

　　目前西海廣場四周已圍起施工圍籬，小城幾代人記憶中的大榕樹已幾乎剷平，任職於農委會林業試驗所森林保護組的「樹醫師」傅春旭指出，根據小城政府農業局提供的資料和同仁現場實地勘查，確認老榕樹所染上的是有樹木癌症之稱的「褐根病」，褐根病目前無藥可治，搶救方法唯有切除染病的根部及基幹，但會導致樹木失去支撐力，存活機率渺茫，因此政府考量樹木不知何時傾倒而將其剷除的決定，並無不妥。傅春旭建議，若要再種植新的樹木，應先對原本的土壤進行消毒。

　　至於一旁的老松樹，傅春旭表示，經外觀研判病原是「松材線蟲」，已在樹幹上打洞，插入點滴灌注藥

劑進行治療，至於是否也染上「褐根病」則必須開挖樹體進一步檢驗。多年來屹立在小城市中心的兩棵雄偉老樹，可謂西海廣場最醒目的自然地標，也是小城人人關心的重要回憶。民眾紛紛表示對老榕樹之死感到可惜，希望有關單位與業者全力搶救老松樹，留住西海廣場改建前的一道風景。

「哇，沒賣都沒事，地一賣掉就死一棵樹。」
「真的有夠巧。」

●

我們簡單分配了工作，猴子跟老崎負責勘查場地，研究要怎麼進去工地，什麼時間最適合。我跟阿迪雖然不像阿忠是專業摔角迷，但我們三個以前可是常常一起看摔角、討論摔角，那時候巨石強森（Dwayne "The Rock" Johnson）多紅啊，現在反而很多人不知道他曾經是摔角手，我們兩個就負責整個流程還有其他雜事。週末阿迪來我家，我們一起上號稱是台灣最專業的摔角論壇「摔角博物館」查資料。

「前幾天猴子跟我說，工地目前還很空。」阿迪說。
「他有進去看喔？」

「從速食店二樓看的啦，然後啊那個警衛半夜好像蠻混的會翹班還是休息，老崎他們會再看清楚一點，猴子還提議，說打無規則戰好了。」

「原來猴子也對摔角略懂略懂，我看只有老崎霧煞煞吧。」

「反正他就裁判，讓他有參與感就好。」

「既然是無規則，那要用東西互打嗎？水泥袋啊，木條之類的……」我腦中浮現好多工地可以隨手取得的武器。

「不要啦，到時候工地又很暗，這樣好像很危險，還是正規一點比較好。」阿迪潑我冷水。

「那至少結尾要帥一點吧？要讓好人贏，代表小城的正義一方，打敗萬惡財團。」

「當然啦，所以我們要查看看有沒有酷一點的招式當作最後的大絕招。」

「而且不能太難，我們現在打球都打不贏高中生了。」

「……我看這是最難的部分。」

查了半天，大部分的雙人摔角招式都有一定難度，其實最難的是場地條件，我們沒有專業的擂台或是軟墊，摔技在工地裡大概都不適合，看來只能找看看打擊技或是固定技了。沒有摔技好像有點無聊吼，阿迪說。我們繼續在

論壇的招式列表精華區查詢，我忽然有了個念頭。

「欸，阿迪，我們要不要在論壇發一篇文啊？」

「你是說請上面的大大建議我們招式嗎？」

「不是啦，招式自己找就好。我是說，貼一篇文講我們的摔角賽。」

「屁啦，講這個感覺超白目的，我記得論壇嚴禁這種摔角模仿資訊，連國外小屁孩在家裡玩摔角的影片都不能PO。」阿迪很嚴肅的說。

「那我們講含蓄一點，就把廣場的事情貼在前面，」

「然後？」

「說我們打算做一件很熱血的事情，用跟摔角有關的方式來抗議。」

「然後呢？」

「事情完成以後大家拍個照片，到時候再說我們打了一場摔角就好啦，一輩子一次的機會欸，只有我們幾個知道，太可惜了。」

「好吧，那你到時候記得提醒大家拍照，論壇那個你用你的帳號PO喔，我不想被砍帳號。」

「沒問題，這樣到時候可以貼論壇，又可以在臉書打卡，你不是最愛打卡？」

「打卡跟貼論壇不一樣好不好。」阿迪偷笑。

根據老崎跟猴子的場勘結果，我們開了一次慎重的行前會，能偷跑進去工地的路線，是經由警衛室旁邊的電動伸縮門，因為警衛晚上會偷溜出去，好像是因為警衛亭太熱了。警衛通常快天亮了才會回來，他為了讓自己可以方便進出，會把工地伸縮大門留下大概一人可過的空隙，再用鐵鍊繞過門柱與伸縮門最外側的橫桿，這樣勢必得彎腰才能穿過空隙，但總算是找到方法進去工地了。「絕對不能拖到開工前幾天，到那時候工地一定都在準備，要的話就趁這幾天。」看來最沒熱情的老崎，卻強硬的提出了我們得提前進行計畫的要求。我問。那阿忠怎麼辦？「沒辦法了，到時候照片再標記他吧。」猴子說。

　　就決定是今晚了。

　　因為只剩下四個人，賽制也只好改成一對一的單打賽，老崎依照原來的決定仍然擔任裁判，我、阿迪、猴子猜拳決定其中兩個人對戰，另外一人攝影兼把風。我第一把就猜輸了，阿迪猜贏猴子，他當正派，猴子當反派。我傳訊息給阿忠，這時候好像是他的補眠時間吧，說我們很想看到虎面的面具，因為種種原因所以沒辦法等他了，還有珍貴的虎面面具還是不要拿到工地玩比較好，等他回來

我們一定會為他再打一場。

「今天應該要讓我贏吧？」猴子嚷嚷著，「先讓財團打手打敗阿迪……你的角色叫什麼名字啊？代表財團的勝利，等阿忠回來，再讓阿忠的虎面幫阿迪報仇。」

「不行不行，七期重劃區跟西海廣場都是財團的目標，兩塊地都被賣了，所以你應該被我們打敗兩次，」阿迪非常堅持，「我的角色我還沒想好，等一下進去我就有靈感了。」

「好吧。」猴子居然這樣就被說服了，

「最後一個問題，為什麼壞人設定成財團打手啊？啊政府咧，政府不也是壞人？」猴子問。

「政府跟財團差在哪裡？」

「喔，有道理。」

●

懷舊超人——阿迪在工地裡告訴我們他的摔角手名字，猴子說我們大概有兩、三個小時的空檔，但盡量不要超過兩個小時比較保險。老崎對於角色設定有一些疑問，「我們這樣，會不會太、太社運了啊？摔角有這樣子的嗎？」「當然有，」阿迪說。

「墨西哥曾經有一個推行居住正義的團體，就用蒙面

摔角手當形象，推出他們自己的總統候選人，因為墨西哥政府根本查不到他是誰，沒辦法逮捕也沒辦法收買他，後來他們更宣稱這個蒙面摔角手要去選美國總統，在美國跟墨西哥的邊界弄一些競選活動啊，把美墨邊界因為非法移民還有緝毒的執法過當問題，好好嘲諷了一頓。墨西哥的紀錄片組織也推出過一個環保摔角手，叫做世界的生態學家什麼的，他會用苦行跟絕食來聲援反對核電廠的議題，他的對手是被設定成破壞環境的壞人，好像叫做掠奪者吧。」阿迪為我們上了一段墨西哥摔角在社會運動實踐的課程，我懷疑這些東西也是從摔角博物館上看來的吧，不愧是全國都瘋摔角的國家。

「聽你說完，我們好像從亂搞的小屁孩變成有遠大理想的社運分子了。」老崎說。

「我們就是在演一齣行動劇就對了啦，趕快開始吧，懷舊小超人。」猴子捲起了袖子。

我清清嗓，用只有我們四個人聽得到的音量，介紹兩位選手出場。

各位觀眾晚安，今晚我們在小城西海廣場將舉行一場一回合決勝負的無規則工地大戰。在我左手邊的，是背負小城歷史與回憶，來自溝仔尾的懷舊超人選手！他將要對

上的是在我右手邊，來自利益之地的不速之客，由政府與財團共同訓練，有財團打手之稱的——財團猴子選手！提醒兩位還有所有觀眾，這場比賽沒有時間限制，雖然你們最好在一個小時內結束，但勢必要分出勝負，沒有和局、沒有犯規、沒有逃出場外，「懷舊超人vs.財團打手猴子」，比賽——現在——開始！

　　兩個人隨即扭打了起來，懷舊超人對財團打手使出金臂勾，財團打手不甘示弱，回敬了幾發蒙古手刀，看來猴子應該是看日本摔角這一掛的，然後是一連串的固定技，懷舊超人對財團打手鎖頸，財團打手一把抓起地上的沙子丟向懷舊超人，化解了鎖頸，立刻對懷舊超人進行足部固定，我看這兩個人把他們做得出來的打擊技跟固定技都用上了⋯⋯還真像我們以前在電視上看的美國摔角場外亂鬥橋段，雙方鬥志高昂、招式盡出，只差一招決定勝負的大絕招了。

·

　　——你這個財團打手
　　——看我的「西海跳水式六星撲擊」

──把我們的西海廣場還來

三、二、一、跳──

●

　我還是會常常在夢裡看到懷舊超人起跳前絆了一下，他腳下的板模因重心不穩而滑開，懷舊超人往地面掉落，以極慢的速度摔落，離地面一點一點靠近，懷舊超人也一點一點變回阿迪，而我總在看到頭部觸地的前一秒，驚醒過來，一個無聲的夢。

　聽說工地的夜班警衛遭到開除，工地增加了新的保全和多道門禁，開工典禮不斷延後，建商請來法師做了數場法會，法律只非常輕微的處罰了我們三個人的侵入住居罪，記者倒是糾纏我們的家人好一陣子。事情過後，我跟老崎各自到了新的學校讀研究所，猴子又多延畢了一年，阿迪的兵單再也不會來了。再也沒人提起，阿忠說好要帶給我們看的面具。我如果想念阿迪的時候，還是會看摔角，只是，再也不會跟別人討論了。

〈不敵多次病害　西海廣場老松染病亡〉

小城日報：尤如慈／報導

　　位於小城西海廣場內的老松樹，昨日經政府農業處邀請農委會林試所專家進行勘查，最後確認老松樹已因感染病菌而死亡。

　　該棵松樹為琉球松，原為小城政府列管第三百六十號老樹，老松樹命運多舛，先是遭到旁邊感染褐根病死亡的老榕樹影響，雖經施工業者及農業處配合樹醫師聯手積極投入搶救，將榕樹連根挖除並消毒病土，更換土壤為砂質土，施作排水系統，且同時配合施打松材線蟲及松疫病藥劑，但仍不敵多次病害。

　　傅春旭博士說，這棵老松樹主要先感染褐根病，救治成功後，再感染松疫病，雖然小城政府每年都為這棵老松樹施藥防治松線蟲，但推斷仍因松疫病感染而死亡，今天現場勘查結果顯示，老松樹應已死亡一段時間。松疫病不像松材線蟲病染病一個月內樹木外觀就有明顯變化，受松疫病感染的松樹從發病到死亡可達半年之久，樹體越大則發病時間越晚。

　　政府農業處長表示，在專家確認老松死亡後，將依

規定解除列管，再進行處置。老松樹所在位置正進行六星級飯店營造工程，縣府指出，業者將保護老松樹列入環評，並為此調整施工範圍，用心盡心保護老松樹，沒有維護不當的責任問題。至於民眾指松樹死因是否為先前大學生闖入工地意外死亡沖煞所致，有關單位及業者均表示此為無稽之談，不願多作評論。

半年後，我在地方報上看到這則新聞。才想起，我始終忘了檢查那天晚上的照片。而那篇貼在論壇的文章，我再也沒有上去更新。

——紅蓮 Hotel Crimson Lotus

　　觀光客在週五晚間湧入小城，不過他們很快會發現，小城的夜間活動少得可憐，好像只剩網路瘋傳的名店、很平坦的夜景，還有算是小有名氣的夜市可去，原來不是有兩個夜市嗎？怎麼只剩一個了。他們跟著網路名店還有人氣食記一一按圖索驥，拿出外地人排隊的本領，只要等半個小時哪算什麼排隊啊。他們會驚嘆於小城本地居民不受拘束的交通風格，倒不是慓悍的逆向行駛或搶黃燈闖紅燈，而是在路上心不在焉慢了好幾拍的反應。更別提引擎效能彷彿有所限制的小城機車騎士，沒有快慢車道之分，無論大小快慢直往車道中間駛去就是了，彷彿小城這裡頒布、實施的是另外一部有別於其他縣市的交通法規。還有，上了年紀把安全帽隨便擱在頭頂的叔伯大媽，打著左轉方向燈最後卻右轉，或是猛然回想起什麼似的急急橫切車道，拐入沒有路標標示的狹窄巷弄。和外地人的正常步調相較，難怪這裡是慢活之城啊。

　　但這一切跟李愛芝都沒有關係。她上個月剛拿下量販

店家電課的業績寶座，本來是有獎金的，因大環境不景氣改成了口頭嘉勉，還好有一項福利沒有縮水：優先預排下個月的假。畢竟這項福利不花公司成本，只要付出讓同事眼紅嫉妒的人情成本罷了。這大概就是虛榮的代價吧，李愛芝這樣理解。其實她也只不過單月賣出了四台大尺寸電視（但這在好樂買小城店已經是了不起的成就了），兩台是公司本季指定業績乘以兩倍計算的，六十吋國產液晶電視新品旗艦，由全國首富投資的血汗工廠出品，廣告打得老兇，光這兩台業績兩倍就穩坐第一名了；另外一台四十吋、一台五十幾吋，要是那對退休老師夫妻用優惠存款投資的股票績效再好一點的話，她應該可以賣出三台六十吋的才對。但李愛芝轉念一想，賺也是公司在賺，沒有獎金什麼都不是，就算業績乘以三倍或五倍，家裡的電視還是那台舊式的三十二吋傳統映像管電視，而且始終被她沒出息的老公占據，他不是離開電視去找酒肉朋友通宵打麻將，就是賴在家裡不知道是看電視還是被電視看。

明天就是新的月份，李愛芝心情愉悅，今天她值下午班，剛好可以躲開客人湧入的週五晚上，還有全小城一家老小出遊閒晃的量販店災難六日。她把制服背心脫掉，踢掉黑色包頭平底鞋，寫下交代事項，換上新買的及膝深咖啡色亮皮長靴，覺得肚子有點餓了，難得可以在真正的週

休二日休假兩天了，她想。李愛芝坐在折疊椅上，這雙新鞋有點磨腳，再多穿幾次就不會了吧，目光移向員工休息區的公布欄，貼著一張獎狀：表揚好樂買小城店家電課李愛芝同仁為本月業績第一名，好樂買全體工作團隊向您致敬與感謝，請再接再勵，好樂買以您為榮，與您共同成長。下面還有量販店主管和家電課所有同事寫上的賀詞：

- 幹得好。（好樂買小城店店長印章） 店長 林新遠
- 狂賀！電視銷售冠軍李愛芝小姐。（好樂買小城店家電課課長印章） 課長 薛月貴
- 家電課之花：AJ～～請開班教大家如何賣電視:) 綿秤姊
- 建議公司送六十吋電視乙台，以表揚業績天后。 業績墊底冠軍 小郭
- 讚讚讚！不只口頭嘉勉，還有我們用筆頭嘉勉，很值錢！ 阿海
- AJ 前輩我愛妳！親一下（畫了十幾個愛心） 懶妹
- 一個禮拜賣一台真的很厲害，不輸（我待過的）外縣市分店。 徐文二

　　這個徐文二其實是小城本地人，在北部服務數年，

放棄升遷課長的機會,卻申請調回老家,跟 AJ 還有同事們還不怎麼熟,難怪寫得這麼官腔。他剛回小城半年,幾乎都是每個月業績前三名,聽說在別的分店也是業績高手,在外縣市歷練過果然不一樣,他的銷售話術跟這裡靠人情、賣面子的方式截然不同,把產品的特色技術講得好像不只是一個名詞,而是會動、會勾人錢包跟信用卡的東西。AJ 連他怎麼賣東西都形容不好,唉,實在差他太多了。好樂買小城店開幕以來,家電課只有轉調去其他縣市的,轉調回來的也就只有一個徐文二。這裡的營業額不足,要不是前課長退休,恐怕還沒這個缺呢。所以新任課長很防著他,怕他成了自己升職屁股還沒坐熱的潛在威脅,還用小手段搶了他一些業績。基本上家電課的電視就由她跟徐文二負責,像那兩台六十吋的大電視,是熟客因為裝修民宿添購的,本來該是徐文二的業績,課長卻跳出來對他說,那熟客一直是 AJ 的客人,徐文二竟也沒說什麼,默默讓出業績。熟客結帳時對著 AJ 說,你們那個新來的業務,把裸視 3D、跨時代顯色技術形容得超級厲害,聽著聽著我都懊悔了,為什麼只有兩間房間要裝修呢? AJ 覺得這個業績冠軍贏得不太公平,對徐文二有那麼點不好意思。

徐文二匆忙走進員工休息室,他今天晚班,跟 AJ 點

了個頭，問有什麼要交辦的？她想了幾秒鐘，徐文二問她之前，她正在想晚餐要買什麼回去，還是回家再跟老公一起出門吃。在徐文二打斷她之前，AJ 本來要找手機充電器的，好像沒帶到，回家再充吧。喔，陳老闆的電視送修回來了，保固內原廠負責修到好，涵園飯店上次的追加訂單要六台，店裡庫存不夠三台，要他們等，不知道他們會不會再問。好，涵園是我們要送嗎？不用，廠商會送，從我們店裡出，再補庫存給我們，到時候可能要出個人幫忙安裝，我再跟課長講。好，我剛沒看到課長，課長人呢？大概趁人少跑去美食街吃飯了。好，我知道了。

　　李愛芝本來想跟徐文二表達一下歉意的，但他已經放好東西、穿好制服背心，正推開暗門走出去。徐文二忽然轉頭對她說：「啊，妳休兩天？好好休息，搞不好等妳回來我已經賣了好多台。」AJ 還在喬擺在長靴裡的腳，看能不能不要那麼磨腳，緩緩關上的門又被推開，「對了，週末愉快，再見。」徐文二說，生疏的朝她笑了一下。

　　李愛芝決定先回家。在巷口看到老公的車停在家門前，兩支雨刷立著，上頭還在滴水，雖然老公每洗車就必定下雨，但這台銀色的福特 Focus，是這個男人在家唯一會動手刷洗的東西了。她小心輕催機車油門，一邊用腳慢慢蹬地，把機車停進家中，生怕不小心刮傷了老公的車。

他們住的原是公婆的房子，幾十年的兩層舊別墅，不是他們有錢，而是小城地廣人稀，住別墅是主流。愛芝的公公早逝，婆婆晚年失智，一直以為當年愛芝肚裡的孩子有生下來，後來更是發作頻繁，動不動就對左鄰右舍說金孫被壞人抱走，老公受不了，只好把老母丟到老人院去。

李愛芝在玄關外脫鞋，咖啡色長靴雖然漂亮時髦，但穿著磨腳，要脫更是得花一番工夫，才脫掉左腳，李愛芝重心不穩，整個人往鐵門撞了上去，老公從客廳裡把大門打開，破口大罵迎接她回家。

妳要嚇死人啊李愛芝。

……對不起對不起。

妳不要整天只會道歉好不好，晚餐呢？

……啊，要不要去外面吃？

妳有沒有搞錯，我才剛洗車，累得要死。

……我本來想說慶祝一下的。

慶祝什麼？慶祝妳撞到大門，還是慶祝電視壞了？

電視壞了？難怪老公一臉臭火，李愛芝放下包包，走到電視前方，按了按電源鍵，又把插頭拔掉再重新接上，用遙控器試著操控看看，來回試了四五次。

妳是賣電視的又不是修電視的，就說壞了，叫妳同事來收。

……收？要收去哪？

收回去原廠修啊這還要問！

……這個已經停產，又是很舊的機型，修不划算，原廠也很可能會拒修。

那我們換一台啊！

……你以前不要亂投資我們早就有錢換電視了。

我還欠銀行錢咧，妳賣電視的怎麼不自己買？

……我買？我的薪水已經拿去付媽老人院的錢了，你的薪水呢？

老公從碎念轉為毫無預兆的暴怒，李愛芝就這樣被罵了十幾分鐘，如果可以，那她應該只回答到「……我買？我的薪水已經拿去付媽老人院的錢了」就好，根本不應該再問一句「你的薪水呢？」這跟她想像的週五下班場景實在相去甚遠，原本以為老公應該是心情好才洗車的，這樣她就可以跟他分享業績冠軍的事。還有她可以有一整個週末，正常的週休二日喔，像幾年前那樣，跟老公到小城市區走走，吃頓大餐慶祝一下。沒想到老公是因為下班發現電視壞了才洗車打發時間，正在氣頭上又被李愛芝回家撞門嚇了一跳，接下來就是一連串的不耐煩跟翻舊帳，說穿了是為了昨晚在牌桌上輸掉的幾個臭錢在遷怒，但愛芝並不知道。

李愛芝跟老公是高職時的情侶，當年老公還沒中年發福，是學校裡的風雲人物，不是會走上司令台領獎的那種，而是被兩三個教官吹著哨子在校園滿場追逐的那種。當時的老公整天騎機車遲到早退，全車能改裝的地方都改了，他最喜歡放學時載著李愛芝沿著松園別館下的美崙坡大轉彎回家，把車壓到不能再低，油門催到底、貼著彎道猛騎，整路闖過好幾個紅燈。愛芝只能嚇著抱緊他，當年什麼測速照相、定點測速都還沒引進，一張罰單都沒吃，無照被逮呢？身為軍人的教官都抓不到她老公了，何況是警察？他們總是一路狂飆後，在小城市中心的速食店停下，兩人吃完一份大薯再回家，老公說要讓引擎休息一下，而且還要換下制服抽個菸才行。

　　少女 AJ 曾經問老公，你為什麼喜歡我啊？當年還是男朋友的老公耍酷看著遠方回答，妳看速食店前面那塊西海廣場，不是有兩棵大樹嗎？我沒讀什麼書，但還認得出來有鬍鬚而且長得張牙舞爪，大棵的那棵是榕樹，旁邊直直那棵，是松樹，我就是榕樹，妳就是松樹。什麼意思？妳就直直乖乖的，不就像松樹嗎；我誰也管不住，就是榕樹，我們是全小城最速配的情侶，就跟這兩棵樹一樣。現在回想起來，那似乎是老公最在乎她，也最溫柔的時候。偶爾 AJ 上下班經過西海廣場的時候，還是會想起這件事，

只是西海廣場已經賣給財團蓋飯店跟購物中心了，好像就快要完工了。而那兩棵樹呢？聽人家說好像就在廣場賣掉之後，一前一後生病死了，廣場開工前夕還曾發生意外，死了一個大學生，轟動小城一時。

畢業前夕，愛芝月經數月不來，一驗下去，恭喜，老公收到此生闖紅燈的第一張罰單。他承諾一畢業就娶愛芝，爸媽那邊也說好了，愛芝的爸媽起初有點不高興，但因為兩家可謂三代世交，從阿嬤那一輩就是鄰居，這在小城很常見，倒也最終成了一樁婚事。火速辦完婚禮，老公抽到海陸入伍，婆婆帶愛芝去做產檢，照了超音波，才發現愛芝子宮長有少見的惡性肌瘤，生產過程將有巨大風險，醫生建議處理疾病要緊，只得人工流產。老公退伍後在石材廠擔任日班保全至今，愛芝擺過攤也賣過保險，直到幾年前好樂買開幕時才開始當家電銷售專員。老公曾被昔日同袍拉去合夥，把房子拿去抵押結果投資失利，背了一筆不小的債，兩人過得很緊。婆婆縱然嘴上不說，遲鈍的愛芝也知道，她子宮的異物能夠透過手術順利摘除，但婆媳間關於傳宗接代的芥蒂，恐怕這一輩子都碰不得了，因此後來婆婆要被送去老人院時，愛芝願意負擔費用，老公倒是沒有發表任何意見。

外面傳來雨水落在院子的聲音，果然只要洗車就會

下雨呀，低著頭的愛芝忍不住笑了起來。老公數落她到一半，先是罵她還笑得出來啊妳真的腦子不正常跟我媽一樣，往窗外一看，罵了句髒話。「……我是這個月的業績冠軍」這句話忽然從愛芝的嘴裡跑了出來，什麼冠軍？老公怒目瞪著她，「我為什麼要受這種氣？不過是台電視嘛，電視電視，我就是賣電視的。對不起我沒有準備在家煮晚餐，我對不起你好不好，」愛芝拿起包包，一手抓起鞋櫃上的鑰匙，轉身要走，老公拉住她的手腕，妳幹麼？「是我對不起，我只是不想要我的休假這樣開始！」她甩開老公的手，長靴很識相的一套即入，用力關上大門。

欸──李愛芝──妳給我回來！

李──愛──芝──

AJ解除銀色Focus的中控鎖，發動後駛出巷子，雨勢很大，她撥動雨刷撥桿，只見雨刷荒謬的在半空中揮舞，她緊張的開到幾條路外的便利商店門口，才下車把雨刷復位。AJ順便帶了點吃的，專挑老公不讓她買的高熱量零食，一定是因為下班前就已經餓壞了，又站著被罵了好一陣子，血糖太低才會反應這麼大吧，是不是該回家好好跟老公道歉才好？回車上時，因為習慣而從副駕上車，跨過排檔把身體移到駕駛座，長靴的鞋跟在排檔旁留下一個灰濁的水印。其實AJ是很喜歡開車的，只是拿到駕照後沒

開過幾次，大多是幫老公開去驗車，她慶幸自己婚後至少學會了開車，也慶幸小城是個開車還算愉快的地方。

AJ讓日本進口的巧克力在口中慢慢化開，其實好像已經不氣老公了，要是平常被念幾句也還好，早就習慣了不是嗎？只是因為想要一起慶祝，還沒說出口就迎上老公的怒火，就像考了一百分回家要跟媽媽說，但是一開門卻被媽媽狂念房間沒有整理一樣，雖然AJ沒有考過幾次一百分。今天就決定不回家了，哼，AJ決定給自己一個禮物，一個慶祝業績月冠軍還有慶祝能在日曆上紅色日期度過週休二日的禮物，不跟我去慶祝，我自己去慶祝總可以吧？臭男人。

AJ在下著大雨的小城市區路上緩緩開車，繞過她從小看到大，雖然改變很多但還算是熟悉的街景。來到車站附近，駛過路上一個水坑，聽見底盤傳來聲響，連忙把車靠邊，用手遮頭走下車查看，但看不出什麼異狀。萬一刮傷什麼的，又要被罵了……的念頭剛出現，她就責怪自己怎麼都這種時候了，還在意被罵？管他的。她拿了包包，還有一大袋食物和飲料，走向車站附近的旅社，回頭鎖車時，注意到銀色Focus左後輪壓在紅線上，車身還擋住一家剝皮辣椒名產店的門口，心裡有什麼晃動了一下。她想，連沒交情的徐文二都會祝我週末愉快，老公卻連道賀

我一聲恭喜業務冠軍都沒有，車子最好被拖吊，反正不是我的名字，大不了我搭計程車回家。

雨勢實在太大，AJ 走了幾步就躲進騎樓，不遠處的店面，一塊寫著「紅蓮旅社」的黯淡招牌進入 AJ 的視線，看起來破破舊舊的旅館，長靴磨腳磨得厲害，不想再走路了，就這家吧。

櫃台是位上了年紀的先生，斜坐著好像入定一樣，AJ 順著老先生的視線，看到牆角的小電視，不只比家裡小，也比家裡舊，原來他也在看 X 頻道啊。這是 AJ 老公一天到晚死守的頻道，一半以上的時間幾乎都在播日本摔角，現在在播的是《暴坊將軍》，算是日本的古裝八點檔吧，聽說播了好幾十年，等到九點《暴坊將軍》演完，便會連續播摔角到隔天上午。老先生注意到有人湊近櫃台，轉過身來，小姐，住宿還是休息？AJ 說住宿，付了跟裝潢老舊程度比起來還便宜的價錢。證件請借我登記一下，小姐一個人啊？AJ 頓了頓，本來想說老公會晚點來的，搞什麼啊真受不了自己，對，我一個人。老先生戴上老花眼鏡抄錄證件，AJ 怕老先生注意到她是本地人還來投宿，但老先生沒說什麼。

可不可以給我窗戶面向外面這條大路的房間？AJ 說。

窗戶對外嗎，我看看，那就這間吧。AJ把鑰匙握在手中，還好，房間在二樓，這裡看來沒有電梯。沒想到車站附近居然還有這麼破舊的旅館，AJ想，她問老先生，你也看摔角啊？咦，小姐也看摔角？沒有啦，我老公喜歡看，我覺得《暴坊將軍》比摔角好看多了。老先生微笑回應，對了小姐，我們浴室熱水只供應到十點，再晚還需要熱水的話，再麻煩妳撥內線跟夜班櫃台說。AJ說好，走上窄窄的樓梯。老先生把身體斜回原來的角度，《暴坊將軍》再十分鐘就結束了。

房間的水準跟AJ想像的類似，但還算是乾淨，她擱下東西，拉開綠色的廉價窗簾，正疑惑手機怎麼一聲不響，老公居然一通都不打來嗎？從包包裡拿出來查看，沒電了。AJ倚在窗邊，鼻息在窗上漫起霧氣，只不過是換了個房間，雖然下著大雨，但潮溼的小城風景，還是挺漂亮的。AJ的目光往近處看去，輕笑出聲，賓果！銀色Focus已經不在原地了，這下子車子不但白洗了，還要多付一筆罰單跟保管費，老公要是沒亂發脾氣，不就不用花這筆錢了嗎？AJ很久沒有感覺到這種做點小壞事的快樂。呵呵，我就看你什麼時候才會發現。既然沒來由的也是白白挨罵，倒不如真的惹些事來被罵還比較划算。

AJ打開房間裡的電視，這台電視倒是新型的，不大，

也就三十二或三十六吋吧，嚴格來說應該不是電視而是顯示器，以前這兩者差在關稅，但現在已經沒有什麼差別了。頻道轉來轉去，AJ一下就覺得無聊了，她根本不曉得遙控器在自己手上的時候該轉到哪一台。還是來看X頻道吧，老公這個時候應該也在看？不對，家裡電視壞了，AJ笑了起來。X頻道有一個不知道該說是缺點還是優點的特色，聽老公說，X頻道超久沒有更新他們的摔角節目內容了。徐文二好像也說過，日本摔角選手來台灣巡迴時，超愛看X頻道，因為連在日本都很難看到這些古老的比賽，資深選手可以看到自己年輕的樣子，年輕選手則可以看到甚至是他們出生前的比賽。「是喔？超誇張的啦！」老公碰到同好，就這樣跟徐文二聊了整個晚餐。那是去年尾牙，徐文二剛調回好樂買小城店不久，也算是家電課同仁對徐文二的迎新會，可以攜伴所以老公也跟著。直到今天AJ在工作時跟徐文二說過的話，可能都還不到尾牙老公跟他兩個摔角迷一見如故暢談的一半吧。性格差這麼多的兩個人，居然有同樣冷門的興趣，AJ好像也就看過徐文二露出那種眼神這麼一次，至於老公的那種眼神，從婚後就越來越少出現了，男人真的好怪。

　　AJ打開一罐啤酒，很少從X頻道的摔角節目開始播放時看起。通常都是做完家事，晾好衣服、簡單打掃後，

或是晚班結束，跟老公窩在電視前面吃宵夜，比賽通常都已經打到一半，根本不知道誰是誰，只能從比賽播報的翻譯字幕，自己拼湊哪個名字是哪個摔角手。老公看到激動的地方會叫出聲來，但最常發出聲音的時候，都是 X 頻道進廣告的時候。X 頻道播摔角時的廣告安排非常詭異，一般來說廣告應該平均分布在一整個小時的節目，但是 X 頻道的廣告時間非常集中，在精采的地方進廣告（這點倒是很正常）後，連續播出十幾分鐘的廣告。如果是深夜時間之前，還算是尺度正常只是稍嫌冗長的廣告，深夜時間之後的廣告就不一樣了。

現在在播的節目應該是《諾亞特輯戰》，諾亞是日本摔角團體的名字，社長是穿著綠色褲子的三澤光晴，好像是他好多年前從原來的團體出走成立的新團體，名字的由來是聖經裡的諾亞方舟的樣子。說到聖經，小城裡常可以見到兩人一組的單車騎士，通常是老外，戴著小城很少有人會戴的單車安全帽，穿著白色襯衫跟西裝褲，還打上領帶喔，四處找人搭訕傳教。AJ 知道他們是摩門教的傳教士，小城的摩門教總部，就在王母娘娘廟附近，好像應該是說教堂還是教會才對。AJ 騎機車等紅燈看到摩門傳教士的時候，總是非常緊張，只要有人搭訕她就會緊張得不得了，後來老公教她，妳就跟他們說，歹勢啦，我們家拜

拜，拿香的，這樣他們就知道了。

　　每一次等紅燈遇到傳教士，AJ 都暗自祈禱他們先找別人，終於有一次他們一左一右停在 AJ 機車旁，尼好，可以跟尼聊聊嗎？窩們會說中文。「……呃，對不起，我們家，我們家是拜拜，拿香，燒紙錢的，對不起對不起。」AJ 覺得那是她這輩子在小城等過最久的紅燈。喔，沒關係，不用抱歉，拜拜很 OK，祝尼有美好的一天，如果油空可以來教會學英文，棉費的，不用錢。AJ 差點喘不過氣，一綠燈就加速騎走，彎進了她本來沒有要去的巷子，她回想，自己好像沒有讀過聖經，諾亞方舟的故事到底是什麼啊？手機沒電了也沒辦法查，有一天應該弄個明白，也許更有空的時候應該去摩門教的教會走走，看看老外說的學英文是不是真的不用錢，我英文超爛的，AJ 想。

　　進入深夜時間的 X 頻道，廣告不僅冗長到好像永遠不會結束，而且更充斥著壯陽藥和色情暗示。壯陽藥廣告的橋段千篇一律，先是一對房事不順的夫妻，老公讓老婆失望，老公上班有氣無力，同事朝他背部一拍，介紹他一款新藥。畫面切到一個像是實驗室的地方，穿著白袍的老外，桌上放著一堆試管跟顯微鏡，字幕打出他是美國某某大學藥物實驗室的權威，老外開始介紹壯陽藥的特性，強調純天然沒有副作用外，更要強調跟主流的處方壯陽藥相

比之下，更便宜而且效果更持久。因為老外講解的橋段是另外中文配音的，看他嘴形跟聲音對不上的畫面，總是很好笑。老外的橋段結束後又切回那對夫妻，老公吃了之後果然藥效驚人，最後跟老婆躺在床上，老婆幸福依偎，老公對鏡頭比出大拇指，然後是訂購專線的字幕。

這是 AJ 第一次完整把壯陽藥廣告的情境劇看完，AJ的老公大多會在看到壯陽藥廣告後，開始隨意轉台，並不轉到相隔很遠的頻道，所以會轉過幾台法師念經講道的宗教台，有一個法師一天到晚叫人放生，還常常講跟嬰靈超渡法會有關的事，AJ 看了總是心裡一沉。然後轉過幾台股票台，老公這時候會忍不住碎念，真的那麼厲害幹麼報牌給別人，自己賺就好啦少騙了誰會信啊。但你自己還不是聽別人說什麼投資前景很好穩賺，就把房子拿去抵押丟錢下去了嗎？ AJ 在心裡回嘴。然後來到體育台，LV 育樂台也會播摔角，只是是美國摔角，老公超級看不起美國摔角，總是轉過去看了一下就轉走。美國摔角實在太假了，老公說。

AJ 在尾牙上也聽到老公跟徐文二聊起美國摔角，徐文二似乎看蠻多美國摔角的。我老公說美國摔角很假耶，AJ 插嘴說，老公轉頭白了她一眼，我哪有，我是說「比較」假。徐文二很正經的說明，其實都差不多，摔角就是一場

秀，就像美國電影跟日本電影，都是電影，只是風格不一樣而已，老公點點頭，對啦，就是風格啦，口味不一樣，像是吉野家跟麥當勞嘛。AJ很震驚，她以為美國摔角是打假的，日本才是打真的，但她沒敢再接話，就讓老公跟徐文二繼續眼神發光的聊下去，一杯一杯的敬對方酒。

今天的《諾亞特輯戰》好像沒有三澤光晴的比賽，三澤光晴有點像年輕一點，又更帥一點的藝人白雲，其實三澤的身材不算很好，肚子肉肉的，可是體力非常驚人，老公說，我跟妳說肥肥的肚子才是摔角手的完美身材啊，AJ其實不太能理解，老公大概是在捧自己中年男子的發福身材吧。其他的比賽對AJ來說都蠻無聊的，但是三澤光晴的比賽有一種魅力，他非常耐打，好像永遠不會認輸，如果輸掉，一定都是那種妳知道他真的已經完全盡力到不行的，那種輸法。還有三澤光晴的眼神，總是非常慎重，雖然看幾個男人打著赤膊抱來抱去實在很奇怪，但他的眼神好像在告訴妳，他在做的，是一件非常嚴肅慎重的事。她想起當年的那個醫生，先是用手輕拍、安慰她的婆婆，然後轉向她，對她說，李小姐，我認為妳身體的健康應該優於小孩的健康，手術順利的話，未來還有生育的機會，不然，一個以後健康有疑慮的母親，對孩子將來也是一輩子的負擔，希望妳好好考慮。那個醫生的眼神，也同樣非常

嚴肅慎重。

　　接下來是《戰女時代》，以女子摔角為主，AJ 進房以來，都還沒把靴子脫掉，現在才感到身上有點黏膩，來去洗個澡好了，靴子這時候又不聽話，花了一番工夫才脫下來。擂台上是一場三對三的比賽，兩方選手正在相互叫囂嗆聲，AJ 更喜歡女子摔角，因為選手在擂台上穿的衣服都很好看，靴子也都跟衣服相配，雖然都是沒有鞋跟的靴子，但要穿著靴子在擂台上跑動、摔人或被摔，實在是很不簡單的事啊。AJ 把買來的三罐啤酒喝光了，零食也吃了大半，洋芋片碎屑沾了滿手，她走進浴室，看到一張紙用不太好看的字跡寫著「熱水供應時間 10:00 ～ 22:00 其他時間請致電紅蓮旅社櫃台」，就貼在馬桶水箱上方的磁磚牆面上，上面還用透明膠帶貼了好多層，是用來防水的吧。她沖了沖手，走回房間，電話在鏡子前，同樣的筆跡出現在一張尺寸稍大的標籤貼紙，貼在電話機上，「總機：按"0"」。

　　她拿起話筒，按下 0，完全沒有聲音。她用脖子夾住話筒，一手把話機拿了起來，另一手抽動卡在梳妝鏡後的電話線，沒用什麼力氣，扯出一截斷掉的電話線。AJ 把電話放回原位，電話線塞回鏡子後方，掛上話筒，如果要走下樓去的話，還得再穿上靴子才行，房間裡提供的是便

宜的藍色紅色塑膠拖鞋各一雙，看起來很髒，她根本不敢穿。唉，實在太麻煩了，走下去搞不好櫃台在睡覺，雖然是開口要求服務，但免不了又要用道歉當開場白了吧，抱歉這麼晚了，不好意思能不能麻煩……在家得常跟老公道歉，在公司也得常跟客人抱歉，既然是出來住旅館，就不想再說什麼抱歉對不起了。

　　既然電話壞了，那就先不洗澡了吧。AJ的身體微微發燙，酒量不好果然喝了幾罐就不太行了。AJ脫掉衣服、裙子，衣服掛在椅子上，裙子攤平放在雙人床的另外一邊，把倒掉的靴子靠牆扶正排好，索性也褪下內衣內褲，是內衣廣告主打過的成套酒紅色款式，似乎流行過的樣子，但好像不是今年，是哪一年去了？AJ忘了，但她喜歡穿成套的內衣內褲。AJ把房間的燈關上，窗簾拉到剛好遮住床沿，墊起兩個枕頭，就這樣全裸躺在床上，原本該鋪塊毛巾再躺的，不知道這床單有多髒，但實在沒力氣弄這些了。AJ打開一瓶家庭號的無糖綠茶，繼續看X頻道。那個日本進口的巧克力，好好吃，應該多買幾條的。

　　《戰女時代》之後是《王牌女將》，依然是女子摔角，有些比賽剛好在時間上是接續的，大部分則沒有規律。然後是《逐日戰神》跟《王者神殿》，又是男子摔角為主的節目，其實X頻道的節目名字跟節目內容根本沒什麼關

係，純粹是因為一個小時需要有一個節目名稱吧，AJ只是瞎猜。播男子摔角時，她轉到宗教台看放生和尚講嬰靈未渡的危害，本來覺得很有道理，結果最後是全國各地分寺的嬰靈超渡時間跟報名專線，如果想成量販店的話，這大概就是本季的指定業績商品吧，不知道跟放生比起來是乘幾倍，每月業績第一名的和尚又有什麼福利？想著想著她又轉回X頻道，唉，不知道老公睡著了嗎，還是跑出去打牌了？要是老公沒出去打牌，又沒睡著的話，會不會很擔心呢？AJ有一點點想回家，但她不會承認的。

　　自己跑出來一個晚上真的好嗎？接下來又是兩個小時的女子摔角，《女摔特輯》與《夢與希望：邁向女王之路》，AJ忍不住打起盹，卻都很快清醒過來，她盤腿坐在床上，避免自己睡著。AJ是曾因為染髮或是懶惰而有幾天沒洗頭的經驗，但她可從來不曾沒洗澡就睡覺。窗外天色漸漸轉亮，節目是《激戰最前線》，居然還是女摔啊，主賽事是小紅莓麻里子（プラム麻里子）選手對上尾崎魔弓選手的單打比賽。

　　尾崎魔弓的擂台服裝是一身紅，像綁帶一樣的衣服，帶有一點性感的味道，她有一種邪惡的氣場；小紅莓麻里子則是穿著藍紫色塊相間，沒有下襬的擂台服，氣質好像清新健康一些。女子摔角其實很多時候都比男子摔角殘暴

許多，不純粹是力量的對決，而是好像要把自己跟對手逼到極限，隨時都會斷氣或撕裂的感覺。尾崎魔弓跟小紅莓麻里子接連對對方使出各種痛苦的固定技，那些嘶吼跟掙扎看起來真的不像假的啊，比賽後段小紅莓麻里子跟尾崎魔弓不斷使出從擂台四邊柱子跳下來的招式，最後尾崎魔弓反制小紅莓麻里子的摔技，反摔她一把，尾崎魔弓奪下勝利，她坐在擂台上，緊緊抱著自己的左小腿，小紅莓麻里子則是搗著頭，躺在地上，緩緩翻動身體。兩個人都氣力放盡，是一場好掙扎的比賽啊，AJ喝下最後一口綠茶，天已經完全亮了。X頻道的摔角馬拉松也播到這裡為止，下一個節目是釣魚節目《釣魚感觀》。

AJ關掉電視，對著半掩的窗簾伸了個懶腰。

雨好像停了，AJ決定收拾收拾，把衣物一件件穿上，退房搭計程車回家，想回家後好好查查尾崎魔弓跟小紅莓麻里子的資料，在那個什麼網站……對了，「摔角博物館」啦，上面應該會有吧？老公跟徐文二好像是這個地方的多年常客。如果老公願意跟她道歉，她要跟他說她看了一整個晚上的摔角，連他平常要看的份都看了，雖然看不太懂還是可以跟他說播了什麼喔。如果老公不願意聽她講的話，那就等上班的時候，再跟徐文二聊看看好了。只是該用什麼當開場白，AJ還沒想好，徐文二應該會很認真的

跟我聊吧，還是他會說上班不要聊這個？等上班的時候，再順便問問課長員工價買電視的事好了，搞不好業績月冠軍能夠多打一點折。

李愛芝走下樓梯，往紅蓮旅社的大廳走去。也許，去買一雙不會磨腳的靴子？像小紅莓麻里子那樣的靴子好了。如果老公願意買一箱那個好吃的日本巧克力給我，我再考慮要不要原諒他，AJ 一邊想著，走到街上，伸手招了部計程車。

小城的街頭開始湧現週休二日的觀光車潮，再過一段時間，就要開始塞車了。但這一切跟 AJ 都沒有關係，她難得在日曆紅色日期上的週休二日，還有一天半要過。

無人的所在 Empty Arena Match

「徐文二，有人找你。」

徐文二聽見同事李愛芝叫他，隨即放下手邊剛拆掉底部的細長紙箱，他才剛拆完兩三個，還有好幾個要拆。徐文二往量販店電器區的入口走去，電視擺滿家電區整整兩個牆面，他想從電視上得知現在的時間，竟不知道該看哪一台才好。還不到中午，會這時候來店的大多是民宿或飯店業者，專門下大量訂單的客人，要不就是閒著沒事、找人聊天的熟客，不過熟客要找的應該也不會是才剛調來小城不久的他。難道是客人不滿意，指名客訴他？

「原來是妳，我還以為是誰。」徐文二對著站在面前的年輕女孩說，她身後還站著另一個戴眼鏡的女生，兩人看來年紀差不多。

「咦？徐文二看起來正經八百的，居然認識這麼可愛的妹妹。」李愛芝笑著說。

「她是我摔角團體的小朋友，那個，AJ，幫我把紙箱收到後面好不好？我跟她們聊一下。麻煩妳了。」

「就是你們那個『巴吉魯』對吧？好啊，你陪她們聊。不要在這裡罰站啦，帶她們去收銀機那邊，有椅子坐下來聊比較好，」李愛芝向她們比了比收銀機的方向，「不過先說好喔，如果兩位正妹要買電視的話，業績分我一半。」

「全部都給妳，我沒意見。」徐文二示意要她們坐上收銀台前的高腳椅，「她們怎麼可能會買，開玩笑。」他自己則在結帳的位置坐下。

「小桃，妳今天沒課？」小桃點點頭，「這位是？」徐文二看向戴眼鏡的女生。

「你好，我是小桃的室友，華東大學校刊社的學生記者，大家都叫我鴨子。」

鴨子伸出手，「所以是……採訪？」但徐文二並未握手。

「聽小桃說她週末都會到市區的里民活動中心練習，實在太酷了，沒想到小城居然有摔角社團，不，應該說，沒想到台灣有摔角社團……」鴨子把手縮了回去，繼續說個不停，「等一下，」

徐文二打斷她，看了小桃一眼，小桃聳聳肩。

「正確的說法是摔角『團體』而不是社團，怎麼不練習的時候再帶她去？」

「我跟她說你應該會拒絕，」小桃說，「不要給她太

多期望比較好。」

「唉，」徐文二抓了抓頭，「老實說，我是想拒絕。」他看向鴨子。

「那、那，至少給我一個拒絕的理由。」

「重點是，我在上班耶。」徐文二指了指身上的制服背心。

鴨子非常尷尬，小桃用唇語對她說「我就說吧」。「但是啊，不是我一個人推掉就算數，巴吉魯摔角雖然是我發起的，採訪這種事還是要問過其他人的意見。」徐文二試著不要讓氣氛太僵。「其他人是指？」「連我在內，還有石灰、阿華、Apalo，四個正式選手；練習生除了小桃，加上兩個男學生，這就是我們現在全部的人。而且我們甚至沒有擂台，一切都還在起步，這樣妳還想採訪嗎？」鴨子用眼神向小桃求助。「惡魚哥的意思是，我們……」小桃試著補充說明，徐文二再次打斷別人說話，「不要在外面隨便喊別人的擂台名好嗎？對，我覺得我們還沒準備好，現在接受採訪，訪不出什麼東西，對妳也有點抱歉。」

「『惡魚』是？」「是二哥身為摔角手的名字啦。」小桃沒好氣的說。

「擂台名啊，原來如此，」鴨子不知什麼時候手上多了筆記本，「……那，如果是訪問你呢？」

她草草寫下「二魚」，前面畫上大大的問號。

「惡魚，邪惡的惡。」徐文二用手指著鴨子筆記上的錯字，「訪問一個量販店賣電視的員工？」

「當然不是，是訪問身為摔角手惡魚的你。」鴨子把字畫掉，重新寫上。

這果然是一個冷清的平日上午，看來是不會有什麼客人了，「好吧，不要說是訪問，就當作隨便聊聊，聊到有客人來為止吧。」徐文二又抓了抓頭，「對了，妳們口渴嗎？要不要喝點什麼？我去樓下超市買，很快回來。」

●

「徐文二呢？把妳們丟在這裡？」李愛芝走了過來，看來已經把徐文二丟下的工作處理完了。「二哥去買飲料。」小桃說，「果然真的有女生的練習生啊，我老公跟我說的時候，我還以為他在鬼扯。」「妳老公？」「對啊，我老公也是摔角迷，他跟徐文二在我們公司尾牙上認識，發現彼此都喜歡摔角，從此聊摔角就聊個沒完，有時候會去巴吉魯看你們練習。」「啊，是石灰大哥的同事吧，好像也在石材廠上班。」「妳是說石令堅吧？他是作業員領班，我老公是保全。」「原來如此。」「妳的靴子好漂亮，

打摔角可以穿嗎？我也才剛買一雙新靴子，可惜上班不能穿。」

鴨子的視線瞄過李愛芝胸前的名牌，「愛芝姊，我覺得在這邊工作蠻有趣的耶。」「怎麼會？」「有那麼多電視，上班不就可以一直看電視嗎？」「哈哈，看都看膩了好不好，而且沒辦法想轉哪一台就轉哪一台喔。就像妳們看到的，家電區的電視都歸我跟徐文二，要彼此合作也要彼此競爭業績。我們家的電視剛好分成兩個牆面來擺，這個牆面播的頻道我決定，旁邊那一面就讓徐文二決定。」李愛芝向兩個牆面比劃。「體育台這面應該是二哥決定的吧？」小桃問，「是啊，可惜沒辦法播摔角，客人應該會覺得很奇怪吧，而且播摔角的電視台畫質也不好。我這面就都停在動物頻道，很多客人都是看了漂亮的動物，才心動買電視的。」電視上出現棕熊群在河邊捕食鮭魚的畫面，色彩飽滿讓人幾乎忘記是在看電視，連濺到棕熊發亮鼻頭上的水珠都可以一顆顆數出來，只是所有的電視好像都設定成靜音的樣子。

「該不會在說我的壞話吧？」徐文二拿著三瓶無糖綠茶走來，李愛芝立刻抽走一瓶，「欸，那是我的。」「是我幫你處理紙箱回收的謝禮，誰叫你少買一瓶。我去後面點貨，有事再叫我喔。」徐文二把兩瓶綠茶遞給小桃與鴨

子，苦笑著目送李愛芝走遠，眼神卻停留在數十台電視構成的牆面上，當然，是體育台那一面。

體育台正播放的節目是美國職棒百年歷史事件回顧，在刻意塗成復古家具色彩的大型長桌旁，坐著四個穿西裝的男人，攝影棚的背景充滿棒球元素。字卡告訴觀眾他們是：傳奇球星、資深記者、知名球評，以及電視台的當家主播。先是一段關於歷史事件的影片，然後畫面再切回棚內，讓主播與來賓依序對歷史事件發表評論。這裡就沒有字幕了，真想把聲音打開啊，徐文二想。一個俯瞰式的鏡頭緩緩掃過球場，比賽如常進行，但觀眾席上空空如也，大概是吊臂或是空拍機，空拍機這時候出現了嗎？徐文二也不確定。字幕浮現：

......

2015 年 4 月 28 日，大聯盟巴爾的摩金鶯隊主場坎登球場（Camden Yards），球場內四萬九千五百七十一個位子，沒有任何一個觀眾，金鶯隊在此對戰來訪的客隊芝加哥白襪隊，終場以八比二擊敗對手。接下來的賽程原訂為金鶯隊與坦帕灣光芒隊的主場三連戰，也將移師光芒隊於佛羅里達州的純品康納球場（Tropicana Field），改為金鶯隊以主場身分出賽。

......

　　徐文二當然知道事情的緣由，那年稍早，美國警方在巴爾的摩逮捕一名黑人嫌犯，在押送與逮捕過程中執法過當導致嫌犯死亡，群情激憤的群眾上街聲援、示威，情況越演越烈，市長甚至宣布全城宵禁。因此大聯盟官方做出決議，使該場比賽成為美國職棒大聯盟創立以來的首場閉門賽事（closed-doors game）。

　　「二哥，你也看得太入神了。」小桃用手在徐文二眼前揮了揮。「我看不太懂耶，為什麼沒有觀眾？是表演賽嗎，還是練習？」鴨子也盯著電視問。畫面切回攝影棚內的主播台，來賓正在發表看法。

　　「那時候妳們都還很小吧？」徐文二把頭轉回來，「簡單來說，當時巴爾的摩發生暴動，原定的賽程已經盡可能調整，只剩下這場勢必得在巴爾的摩舉行，為了避免突發狀況，所以只有轉播，沒有賣票，是大聯盟史上首次沒有觀眾的比賽。」「你有看到轉播嗎？」「沒有，印象中是台灣時間凌晨的比賽。」那時徐文二還沒調回小城，但身為摔角手的他已經出道了。「再跟妳們這些小朋友補充一個知識，當時台灣的投手陳偉殷就在金鶯隊，不過這場比賽跟他沒什麼關係就是了。」「陳偉殷是誰啊？」

「唉，棒球不是國球嗎？妳問妳的手機，它一定知道。」徐文二苦笑。

「吼，那個之後再查啦，先聊摔角。要開始了嗎？」小桃挪動椅子，擋住徐文二看向電視的視線，順便用手把鴨子的頭轉回來。「好吧，先說我跟台灣摔角的關係吧。」

●

我是在南部讀大學的，小時候是個普通的摔角迷，到了大學也繼續看摔角。當時網路還不像現在發達，可是那個年代的摔角迷一定要逛四個網站，分別是「摔角殿堂Wrestling Palace」、「日本武道館」、「王道摔角論壇：專業日摔／台摔論壇」，還有「摔角圖書館：普羅擂司摔角論壇」，雖然現在這些網站大部分都不在了。但回到當時，摔角殿堂以摔角音樂為主，站長還會撰寫日本摔角電子新聞週報；日本武道館、王道摔角論壇也多是以日摔為重心；摔角圖書館則是有許多站長獨門的摔角文章翻譯跟介紹，這些網站上的討論都相當熱烈。現在大家都在上的摔角論壇「摔角博物館」，那時連個影子都還沒出現。

2000 年的夏天，網路上有人發起在台北聚會，我專程北上，想看看平常透過電腦看到的帳號，在實際生活

中的人是什麼樣子。大家把網路上的互動搬到現實中來，感覺很新奇。聊著聊著，幾位發起人向大家宣布，將要成立台灣第一個業餘摔角團體：「台灣衝擊摔角聯盟」，IWL，原來是取 Internet Wrestling League 的縮寫，後來把 L 代表的字母改成 Love，這是更晚發生的事了。要說 IWL 是今天我們認知的摔角團體，倒不如說是一群熱愛摔角的台灣摔迷，在美日摔角的多年薰陶下自發促成，期待台灣本土摔角誕生的一股鄉民力量吧。

隔年，2001 年 1 月 27 日，在台中市西區的忠誠里活動中心，二十一世紀台灣摔角的第一場賽事登場，我手機裡還留著當年的對戰卡司。

真是讓人懷念，當時我們和現在的巴吉魯一樣，沒有擂台，只用巧拼跟柔道軟墊當成保護措施就上陣了，實在非常窮酸簡陋。同一年的開學前，則是在台北士林的三玉里里民活動中心舉辦第二次的摔角活動，妳們看，這場的對戰組合表我也有存檔，還有各場的比賽時間長度跟分出勝負的招式呢，很像一回事吧？隔年一月，IWL 慶祝揚旗一週年，第三次舉辦賽事，都已經第三次了，我們還是沒有擂台，很好笑吧。如果是現在，我們一定不敢，後來我學到一個詞，叫做後院摔角（backyard wrestling），這甚至是全世界最大的摔角團體 WWE 在給觀眾的家長守則

21 世紀台灣第一場摔角興行（I.W.L. 旗揚戰）
THE BEST OF I.W.L. SUPER Jr.

時間	**2001 年 1 月 27 日**
地點	台中市西區忠誠里活動中心
第一試合	30 分鐘 1 本勝負【開幕戰】 北斗炸彈　vs.　STONE-HOT
第二試合	30 分鐘 1 本勝負【無差別戰鬥】 NBM 俊賢　vs.　K.K.
第三試合	30 分鐘 1 本勝負【經典戰】－ HOT NOAH 殺意隆　vs.　摔角大魔王
第四試合	30 分鐘 1 本勝負【初道戰】 邪淫王遺作　vs.　惡鬼嵐
第五試合	45 分鐘 1 本勝負【終極復仇戰】 HOT I.W.L　vs.　CLUB 3000 THE GREAT CROW　vs.　CLUB3000 判官
第六試合	時間無限制 1 本勝負【超經典摔角格鬥賽】 魔人 Lankabu　vs.　殺人魔 Jason
第七試合	60 分鐘 1 本勝負【無差別戰鬥】 K- 卡辛　vs.　破壞王
第八試合	16 名　加　時間差　十六人雙打組亂鬥 【登場順序】　當天抽籤發表
裁判	和田京平

上明令禁止的，後院摔角是形容美國青少年看了摔角節目後，在家中玩鬧摔角的行為，曾發生過不少意外。其實本質上跟我們當年的行為差不多，沒有正確的觀念、場地跟練習，全都是憑著年輕跟熱血，還好沒有出什麼事。妳問我怎麼沒有在這些名單上？我那時候應該算是練習生吧，雖然練習生制度也還沒開始，總之我才大一，還不敢真的下去打，就在旁邊忙進忙出，算是熱心的打雜人員。妳們也注意到了吧，台灣摔角受到日本摔角的影響很深，直接挪用了很多專有名詞。

2002 年的夏天，一位身形高大的選手加入了 IWL，他的擂台名是安德烈巨人，在他的居中協助下，我們終於有擂台可以使用，自此之後，台灣摔角算是往更正規的道路發展了。從 2003 年開始，連續三年，IWL 都受到閃靈樂團的邀請，在台北兒童育樂中心舉辦的「野台開唱」演出，野台開唱於是成為台灣摔角的年度盛會，今天台灣摔角主要團體的資深選手跟工作人員，幾乎大多是在野台開唱上出道的。

因為大部分的活動集中在北部，我們幾個南部的摔迷，也尋覓南部適合的練習場地，終於讓我們找到位於台南市體育園區，在台南棒球場附近的羅漢堂，全名是「羅漢堂國術推手訓練場」，是人稱「金水師」的李金水師父

於 1978 年 3 月創立的。妳們看，這張照片就是羅漢堂的木製招牌，羅漢堂附近種滿了羊蹄甲，很漂亮的。據說金水師拳棍造詣高深，專攻羅漢拳與鶴拳，徒子徒孫更是在台灣開枝散葉，這些都是我從羅漢堂的老前輩們口中聽來的。這裡也是台南市角力與推手的訓練場所，當初接洽場地時，老前輩們因為摔角和武術系出同源馬上就答應了，他們很高興有年輕人願意來借場地，算是一種世代切磋吧。當然我們不敢真的與這些老前輩比劃，看來超過六、七十歲的老大人，用起旁邊的健身器材，負荷幾乎都調到最重，而且還可以一邊抬槓鈴一邊跟你抬槓！後來我們才知道，這些叔伯大嬸，年輕時個個都是國手，比起來我們就像是亂搞又沒底子的小朋友……

我最常跟羅漢堂的黃昆興前輩聊天，國立體院的研究生以黃昆興前輩為研究對象撰寫論文，我旁聽研究生跟大學教授來羅漢堂訪問他好多次，才知道前輩在民國五、六十年間，是省運會的常勝軍。參加的項目涵蓋國術摔角、柔道、拳擊、國術徒手等，幾乎都是前三名，他常跟我說他總是輸給一個更厲害的前輩。有一年過年後，他拿了一張賀年卡給我看，我手中拿著賀年卡，久久說不出話來，卡片上的署名是：「黃根厷」。

一般人可能不知道他是誰，但若有人要為台灣摔角寫

歷史的話，黃根屁的名號絕對該放在最前面的那頁。黃根屁大師曾經四度奪下世界職業摔角錦標賽腰帶，成為職業摔角手之前，還曾贏得世界健美先生的殊榮。他先是在韓國拜師出道，論輩分，他與日本摔角傳奇力道山選手師出同門，說起來力道山的兩位近代日本摔角名將弟子豬木選手和馬場選手，還得喊他一聲師叔。我記得前幾年還有他的報導……找到了，當時他以「獅王」的稱號享譽擂台，從韓國再轉回日本摔角界發展。他也曾主演多部港台武打片，包括成龍第一部自導自演的《笑拳怪招》、袁和平導演的《醉太極》，還有陳洪民的《強中手》等，我只有看過成龍那部，大師在電影裡憨憨的被成龍揍了一頓。退休回台之後，大師創辦了多個武術協會，還擔任憲兵特勤隊的武術教官，畢生推廣武術，七十多歲了身體仍相當硬朗，眾多徒弟及旗下分支道場遍布全世界，他的「根屁健道館」現在還在台北新莊繼續由黃根屁大師親自招收、訓練弟子。

我終於知道黃昆興前輩常掛在嘴邊說那個總是打敗他的人是誰了，我問前輩能不能讓我收藏這張賀年卡，前輩擺擺手，說每年都會有，這張就送你吧。說起來，黃根屁大師對我們台灣摔角的後輩來說，其實比較像是精神上的宗師，而不是實際的導師，他的豐功偉業像是告訴我們，

曾經有一位台灣人站在世界摔角的頂峰，不比任何人遜色。妳問他知不知道這些年台灣摔角的發展？這我就不敢肯定了，對我來說，黃根屘大師的存在，似乎永遠是個提醒，提醒我們好像永遠都是業餘的，提醒我們永遠都不夠好、不夠專業。

在羅漢堂也是挺克難的，場地不大，又因為是半開放式的場地，如果下雨或是場地積水就沒辦法練習了。練習的時候可以看到外面有人騎機車或是走路經過，一開始會有點不習慣。我在羅漢堂最深刻的，大概就是沒有擂台這件事，你只能想像如何跑繩——就是跑向擂台繩圈，順勢轉身用背部撞擊繩圈，利用繩圈的反彈力量做出動作，或是繼續跑向另外一邊的繩圈，是職業摔角的基本動作。還有其他跟擂台有關的動作：想像被摔時的護身倒法有擂台支撐，身體打開、用背部拍擊在擂台布面而不是薄薄的柔道軟墊上；想像對手向我衝來時，如何利用繩圈反擊或是閃躲，一切都得靠想像。其他時候，在南方豔陽下的羅漢堂練習，炎熱的陽光穿過羊蹄甲的樹影，照在我們滴落的汗水上，這樣的愉快很真實，完全不用想像。不知道是不是因為南部的關係，即使後來新的摔角團體出現，在台南羅漢堂的南部摔角成員，基本上是不分團體一起練習的。南部最大的困難大概就是選手跟練習生的移動跟異動吧，

練習生上大學或找到工作，可能就會離開南部，南部選手也往往要舟車勞頓才能北上比賽，是很大的負擔。大三、大四的時候我因為課業繁重，到羅漢堂報到的頻率也不如以往。

大學畢業後，我也成為離開南部摔角圈的人了，甚至可以說有段時間我離開了台灣摔角，先是回小城當兵，退伍後北上工作，中斷好一陣子。後來才偶爾會到台北市信義國中地下室的柔道教室看老戰友阿華還有其他夥伴練習，那時候是 2007 年的樣子，有些老戰友在前一年成立了「台灣摔角聯盟（Taiwan Wrestling Taipei, TWT）」，每個禮拜日下午一點半練習到五點，團體中多了不少新的練習生，我的摔角魂好像又點燃了，更重要的是，我們有了自己的擂台，不必再跟人借了。雖然因為排班沒辦法每週都到，能到我就跟著練習。過了這麼多年，阿華給我的目標是在 2011 年的五週年大會上出道，順便當成我三十歲的生日禮物，大家都笑我搞不好是台灣摔角史上最資深的練習生。

有天，許久不見的老戰友石灰等人聯絡上我，他們問我能不能喬出兩週的假，大家一起去沖繩聚聚。我本來想，不過是去很近的沖繩，為什麼要排兩個禮拜的假？但因為好久沒有見到這批戰友了，不知道大家這些年如何。我

跟主管商量，願意放棄業績獎金換成休假，我可是上個月部門的業績冠軍，賣了十台電視。但主管還是不答應，即使我的同事兼主要競爭對手在旁幫腔，說讓我休假沒關係，不然大家都要沒業績了，主管還是以假期過長為由，拒絕我的要求。我在電話裡對石灰、Apalo 抱歉，這才知道他們這一趟去沖繩，是為了接受「琉球龍職業摔角（琉球ドラゴン プロレスリング，Ryukyu Dragon Pro Wrestling）」的十四天海外特訓，他們正打算成立新的團體，居然沒有提早通知我，是不是把我當成「另一掛」的人了？可是我根本還沒出道啊。果然是開玩笑的，Apalo 說真是這麼想就不會邀我了，要我代他跟石灰向阿華問好，希望未來還能在擂台上見面，約好絕對會來看我的出道戰。現在想想，我還是蠻後悔沒去沖繩的，要是我也去，也許就會在不同的團體出道了吧。

那幾年的 TWT 非常忙碌，電視錄影的邀約不斷，還有許多報章雜誌訪問，我們還曾挪出一天的練習時間全員到齊，跟作家史丹利合作他的新書企劃，陪他體驗摔角手的一天，他本人很搞笑，之後他的新書好像叫《去我的冒險 !!》出版，這段體驗就收在裡面，這果然像是他那種人會取的書名。後來有一個紀錄片導演前來接洽，要以我們為背景拍攝台灣摔角的紀錄片，對了，鍾權導演長得像明

星而不像導演，我覺得啦。我們對拍電影根本沒概念，更不要說搞清楚什麼是紀錄片了，以為是多大的陣仗，但實際上常常只有鍾權拿著機器跟著我們走來走去，頂多有時多個副導拿機器，或再多一個工作人員確認拍攝進度，就這樣，沒了。只有後來移師到攝影棚一次，要拍電影片頭會用到的鏡頭，擂台還是我們自己搬自己架的，全部都自己來，這大概就是紀錄片吧。

《正面迎擊》是這部電影的名字，其實我不怎麼重看這部片，妳問我拍得好嗎？我不知道。這部片一開頭就是搖滾天王伍佰，片名也出自他口中對摔角的印象，很多人告訴我這部電影很不錯，這個評價應該算是中肯吧。我雖然不是主要角色，但畢竟是身邊的事，自己經歷過一次，實在很難再提起勇氣看畫面在螢幕上重演。五週年的大會上，我們歡送了隆老選手，在擂台上打完他的引退賽，接受眾人的歡呼，鍾權還把隆老的媽媽請來了。主持人是大炳老師——我是不是又說了一個妳們不認識的人？妳們真的應該去認識他，他走得太早了。我感謝他把我們當成他最後的學生，訓練我們在擂台上的表演能力，很多人說這部電影是大炳的遺作，這怎麼會是這麼有才華的人的遺作？身為他的學生，我們如果可以在擂台上好好發揮大炳老師當年教給我們的事，這才是他的遺作，我是這麼想

的。

　　五週年大會那晚後來怎麼了？唉，當晚，擂台上發生意外，我們的一個好夥伴送醫急救，雖然沒有大礙，但擂台生命因此告終。為了順利把賽事進行完畢，之後的賽程被迫調整，我跟阿華追著救護車前往醫院，阿華的比賽已經在當晚稍早結束了，到醫院的時候，阿華看著我忽然想起什麼似的，「啊！你的出道戰。」沒關係，我說。

　　我心中還殘留著目睹擂台意外的陰影，阿華轉換工作淡出了摔角練習，我也對練習有些厭倦了，沒有人再跟我提起出道的事情。同一年，石灰跟 Apalo 他們參加的新團體「新台灣娛樂摔角聯盟（New Taiwan Entertainment Wrestling, NTW）」成立了，我開始會到 NTW 的練習場地 —— 內湖海天保全附設的海天武道館 —— 走走，但只是看石灰和 Apalo 他們練習而已。後來《正面迎擊》上映，首映時 TWT 還辦了幾場表演賽。電影上映後隔年，應該是 2014 年，TWT 的一些成員離開，成立新的摔角團體「台灣極限職業摔角（Taiwan Extreme Pro-Wrestling, TEPW）」。會感傷嗎？如果妳們去看世界各地的職業摔角團體變化，就會知道這很正常，當大家對團體未來的看法不同，那就各自發展吧，新的團體也會帶來新的可能，沒什麼好感傷的。

過了幾年，我先是萌生了回小城陪伴年邁父母的念頭，得知小城的公司分店出現職缺，於是申請調派。我忽然想：為什麼不在小城組織一個摔角團體？這一次不是因為對團體未來看法的不同，也不是因為世代交替的觀念差距，而是我想要在職業摔角未曾立足的東部，用自己僅存的擂台生命與體力，好好為屬於小城的摔角團體再摔幾回。我算了算，已經回到小城接手老家石材廠的石灰，加上更早之前就回到部落小學帶田徑隊的 Apalo，還有聽到我的計畫，同樣身為小城人的電腦工程師阿華，馬上表示只要有網路，他在哪裡都可以接案子，就我們四個人。人很少，但沒關係，這樣開始剛剛好。

　　我們把屬於小城的摔角團體命名為「巴吉魯小城摔角（Pacilo Wrestling, PCLW）」，Apalo 手繪 Logo 草圖，交給阿華以前合作網頁的設計師完成定稿：是一個卡通式的黃色麵包果面具，配上摔角手面具下的露齒微笑，面具額頭上寫著「038」——小城的舊電話區碼雖然已經改成兩碼，但我們還是習慣它還是三碼的時候。最外面是一圈天藍色的圓環，圓環上鑲嵌著團體名稱的英文寫法。為什麼用巴吉魯當作團體的名字？因為這是我們四個在小城從小看到

大，也從小吃到大的植物。別的縣市當然也把麵包樹當成行道樹，但只有在黃昏市場，或是溝仔尾的重慶市場，你會看到小城的農人攤商，幫你把麵包果削好，一包包賣給你帶回家配小魚乾或排骨煮湯。夏天時鄰居家的院子會傳來一種燒灼的臭味，小城人都知道，那是鄰居撿了麵包樹掉落的雄蕊曬乾，當作天然蚊香焚燒的味道。巴吉魯就是小城，非常理所當然，我們四個人都覺得這是原先就在那裡的名字，不過是把這個名字拿出來，放在我們的團體上罷了。這也是我們團體的第一個擂台選手形象「巴吉魯超人」的由來，當然應該由 Apalo 來扮演，而且他以前也是面具選手。阿華則繼續延續他高飛選手的風格，擂台名改成符合小城風情的「小黑蚊」。而我選了「惡魚」當作我的新擂台名，上場前我會塗上臉部油彩，像一部妳們絕對沒聽過也沒看過的老電影《水世界》中的角色，在雙耳下側畫上魚鰓，我把惡魚的出身設定為來自被水泥封印的溝仔尾自由街大排水溝，算是對自由大排變成香榭大道停車場的憤怒。

我們借來主港里里民活動中心的週六下午與週日早上兩個時段，當作練習時間，就像十幾年前台灣本土摔角 IWL 在台中市西區忠誠里活動中心、台北士林三玉里里民活動中心那樣，從什麼都沒有開始。我同事李愛芝的老

公給了我們第一筆捐款，噓，千萬不能被她聽到。我們在「摔角博物館」張貼巴吉魯小城摔角籌備成立的訊息，同時招募工作人員與練習生，一對小兄弟成為我們最初的練習生，然後就是妳了，小桃。

「二哥，你還沒說你怎麼出道的？」

「別急，我正要說。」

　　我是在各團體難得合作的大會——「台灣摔角嘉年華」上出道的。我對上石灰，那個時候我的擂台名還不叫惡魚，石灰的擂台名則跟現在一樣。那是一場連續兩天的戶外賽事，我的出道戰是週六下午的首戰，當年夏天的一個中度颱風掠過台灣，週五晚上解除颱風警報，我們原先已經準備好後續賽程調整和取消賽事的備案，但因為警報解除，似乎也沒有理由好取消，消息都已經發到網路上了。結果賽前十分鐘，開始飄來陣雨，接著是傾盆大雨，大概是颱風遠颺引來的西南氣流吧，大家都勸我們別打，根本還沒有觀眾到場。但我跟石灰只互相使了個眼色，叫擔任裁判的摔角手跟我們一起上到已經溼透的擂台，要場邊的司儀大聲報出對戰介紹，擂台鈴被用力敲響，「噹！噹！噹！」，比賽開始。

　　回顧美國職棒百年歷史的節目進入尾聲，三位來賓

和主播分別就史上大事評分，選出前十名，巴爾的摩閉門無人比賽名列第六，我以為這個根本排不上名，徐文二說。就算大聯盟巴爾的摩金鶯隊主場坎登球場內的四萬九千五百七十一個位子，沒有任何一個觀眾，兩隊隊職員加起來少說六、七十人，還有四個裁判，近十位轉播人員，加上在場館內看守各出入口的保全，在那個被大家稱為「空無一人」的閉門無人棒球賽，總共應該也有百來個人才是。我跟石灰那場比賽的裁判只撐了三分鐘，就躲回擂台外二十公尺的遮雨棚，那個颱風剛走的大雨夏日午後，整個擂台內只有我跟我的對手石灰，遠遠看起來一定很好笑吧。那是我打過內容和表現最糟的比賽，在雨中我們打了十五分鐘的摔角，石灰最終使出他的大絕招石灰喉輪落，差點滑倒的他用力摔在我身上壓制我，裁判在擂台外大吼數秒三下，我的對手石灰狼狽的擊敗我。他舉起我的右手，另一手指著我，我們向擂台的四邊行禮致意，雖然還是沒有觀眾。我最好的朋友石灰在雨中送給我最棒的出道戰，我被夥伴攙扶離開擂台，接下石灰喉輪落著地時，我沒有做好護身，拉傷了背上的肌肉。雨就在這一刻停了。

　　這就是我的出道戰。所以我說，無人棒球賽根本不算什麼。

口好渴，回到巴吉魯的話題上吧，我可沒飲料喝。好啦，不說了。

因為接下來的事情，小桃，妳都知道了，不是嗎？

桌子、梯子、椅子
Tables, Ladders, and Chairs

　　男人坐在萬華車站大廳的候車椅上，下午的車站十分
冷清，彷彿只要在這裡坐著，男人就還是原來那個雖然得
不到上司器重，但至少被部屬擁戴的旅行社主管。

　　車站裡的快樂好像比以前少，男人想。

　　引男人入行的前輩曾經說過，旅行是什麼？就是讓
客人從 A 點到 B 點的過程中感到快樂，在 B 點得到平常
感受不到的快樂，從 B 點被快樂的送回 A 點，最後留下
快樂的回憶，這就是旅行。四個該快樂的地方客人都快樂
了，就是四星級的旅行，如果我們可以做到客人快樂之餘
願意付出更高利潤的價位，旅行社快樂了，總共五個快
樂，這就是五星級。

　　旅行社新進員工受訓結業式後發下的分發志願表，
男人勾選了國內線，當年成績名列前茅的新人都選了國外
線，還在消化探親人潮、不斷擴編的中國大陸線是第二熱
門，男人是少數的特例。男人到職後從票務入行，試過一
陣子訂房業務，但還是回到票務部門，直到爬上國內線產

品開發經理的職位。男人打開左手手掌，用手掌當成台灣本島來思考，是多年的習慣了。男人以右手食指依序畫出中山高和二高，不忘在汐止、新竹、彰化交叉路線三次，然後是台鐵，只要記得在苗栗竹南和彰化間分成山海線就好……

　　男人經歷了國內航線的全盛時期，然後是國道客運的戰國時代，最後是大魔王高鐵，幾乎一口氣消滅所有國內航線。男人挺過了這些，甚至在票務全面電子化的浪潮生存下來，這已經不是可以把「電腦打字」當成專業技能寫在履歷表上的時代了。看著曾在隔壁的中國大陸部門，從兩間打通的辦公室開始擴張，到占據半個樓層（男人的部門因此讓出一半的檔案室），最後獨霸總部整整兩層樓，過去探親的人凋零了，但對面的觀光客來了。公司並沒有宣布放棄國內線，只是把部門的年輕人重新分發，實際上的業務外包給主打網路行銷的同業，辭退所有主管。晚男人幾期進公司的副總拍了拍男人的背，表示會有一筆還算可以的資遣金匯入戶頭，「這麼多年來辛苦了，當作優退吧，好好去旅行幾天，永遠為你保留員工折扣。」最後一句顯然是謊話，身分都不給了，還提折扣？雖然男人不太服氣，絕不是因為想起副總是中國大陸線出身的關係。

　　穿著綠色背心，上頭用銀色字體寫著「新高山人力派

遣」的小夥子走進車站大廳，「來喔，下晡兩點林口體育館、下晡兩點林口體育館，來喔！」手舉透明資料夾揮動。蹲坐在門口的幾個女人起身，幾個看似與男人歲數相近的男子從座位起身，在椅子上擱下吃完的關東煮紙碗，男人也走向小夥子，小夥子一一核對他們的資料，一個看起來大男人幾歲的男子向小夥子問了幾句。今天一千五啦，結束會在體育館發好不好，你不要催，錢不在我身上，什麼現領？哪裡有現領的，麥亂啊啦！小夥子把眾人分為兩群，男人是第一車，眾人依序往停在車站外的兩台老舊廂型車上擠去，幾個男子堅持要抽完菸才上車。男人已經不像第一次不知所措了，只要保持安靜就好，到目的地聽指揮，辦完事，領錢，再擠一次廂型車，回到車站就可以回家了。男子預期這是趟一星級的旅行，大概只有最後拿到錢的時候，會有片刻的快樂。

車子往龜山和林口交界的山上開去，經過男人畢業的大學後門，那好像已經是幾百年前的事情了。他曾開車塞在大學前門的車陣中，印象中捷運挖了至少十年，讓新莊中正路也塞了大概這麼久，半個小時後終於擠上新海橋，下橋就是台北縣立殯儀館，男人在這裡和大學同學參加初戀女友的告別式，始終沒弄清是哪一種癌症這麼早帶走她。男人差點趕不上公祭，也許不應該為了再回憶一次年

少歲月而經過大學門口的，看著她的先生與一雙兒女向自己答禮，披著麻布服的女兒和年輕的她相差無幾。男人回頭望了她的巨幅相片數眼，至少還有很多至親、好友會懷念妳，真不公平啊，如果還有下次，開環快過來就好了，男人想。

廂型車抵達林口體育館正後方的停車場，陸續有計程車駛來，都是空車，體育館後方還停有幾輛漆有貨運公司名稱與商標的大型車輛，不知是要裝什麼用的。這個地方男人一次也沒來過，他知道是國立體院的體育館，什麼時候改名成國立體育大學了？老陳從另外一台廂型車下走來，男人在這樣的工作場合遇過老陳幾次，是唯一會閒聊的「同事」。老陳遞給男人一雙棉布手套。「你毋知影領班仔會叫阮搬啥款死人骨頭，這手套戴著較實在啦！不注意手若著傷，就無錢通好賺。」老陳戴著手套點起一支菸，「多謝喔。」「免佮我客氣啦，三八，後擺你就家己攢乎好，順手還我一對。」男人把手套戴上，小夥子領班示意眾人集合。

一個肥胖的女人向領班問今天的工作內容，較老的男子也問體育館裡面是什麼活動啊？「阿兜仔的摔角啦」小夥子說，美國來的阿兜仔，在體育館表演摔角。今天我們負責清理場地，等一下坐一車來的負責打掃表演區，二車

的負責座位區，啊大家特別注意喔，表演區裡面有一個打摔角用的擂台，擂台沒有我們的事情，不准碰，阿兜仔的工人會自己負責拆，千千萬萬不准碰。地中海禿的男子舉手，表演區有什麼好打掃的？對啊、對啊，二車的眾人紛紛附和。小夥子舉高握著一疊紙的手，「大家攏莫吵，阿兜仔乎我的資料內底寫甲蓋清楚，他們最尾一場相打，是用桌仔、椅仔攔有鐵仔樓梯在打，恁毋通以為表演區卡好摒掃喔！」

　　體育館爆出一陣巨大的歡呼，然後是鼓掌，後門的老外向小夥子招招手，他把正分派著的打掃用具跟塑膠袋交給老陳繼續發，小跑步過去和老外交談了幾句。男人將原本用來裝衛生紙的紙箱放在拖車上，套上黑色大塑膠袋，就是一個堪用的垃圾桶了。小夥子出聲，指揮眾人進入體育館。男人拉著拖車殿後，穿過體育館後門時，眼前出現他沒有看過的巨大人影，走在前方的老外以手阻擋，示意男人停下，老外護送十來個身形更巨大的老外（有一個老外戴面具），魚貫走出體育館，他們背著行李袋或背包，有幾個頭上還披著大浴巾。看起來像是工作人員的人（這些人的身材正常多了）則半拉半推著好幾個行李箱緊跟巨大老外們，男人的英文普普，只聽得出身形巨大的老外對矮小但戴著面具的老外說了「啤酒」之類的字眼，一行人

走上排隊等候的計程車，這大概就是摔角手吧，怪模怪樣的。男人把拖車拉到表演區的擂台附近。

　　還有不少觀眾靠著表演區的護欄在拍照，大部分的觀眾已經散場了，幾乎都是年輕人，如果男人在適婚年齡結婚的話，孩子大概也就是這群觀眾的年紀吧，他們有的穿著印有大大老外臉孔的 T 恤，有的拿著手繪的海報（畫得比較精美的上面似乎還有簽名），男人還見到幾個少年戴著面具，和剛才錯身而過的老外同款。擂台比男人想像的更大，老外工人已經拆卸到一半，一個光頭老外拿著掃把，把擂台中類似斷裂木片的碎片用力掃出擂台。男人的同事指著地上的鐵椅，是常見的折疊椅，呈現半展開的樣子，只是背靠處有些凹陷。這個也要丟掉嗎？男人正要蹲下撿起，一雙長有粗捲汗毛的手一把搶去椅子，老外對男人搖了搖手掌，把四散在表演區的三把鐵椅都收回後台了。樓梯呢？男人聽見女同事問，另一個同事說剛剛那個老外先把樓梯收掉了，看起來怎麼樣？跟一般人字梯一樣啊。那個可以用來打人喔，夭壽。我看阿兜仔拿起來都很輕，也不知道有沒有做手腳。「麥抬槓啊，動作卡緊欸！」小夥子領班從二樓的座位區對他們大喊。

　　一道金屬撞擊聲傳來，胖女人把看起來是折疊桌半邊桌腳的鐵架丟入紙箱，老外工人已經把擂台拆成骨架了，

四邊只剩下又粗又圓、漆上白漆的金屬柱子，原本圍繞著擂台的繩子捲收在其中一支柱子旁邊，繩子只比男人手腕最細的地方再細一點而已。男人低頭撿拾著地上的木質碎片，這大概就是桌子吧，桌子要怎麼用來當武器？有一片剛好比手掌再大一些，男人對著體育館內的聚光燈，仔細端詳木片，其實不算薄，但木紋沒戴老花眼鏡看不清楚，不可能是實木，是三合板吧。

「欸、阿伯，欸！」男人往聲音的方向看去，是一個穿著面具圖樣上衣的年輕人。「有什麼事嗎？」「那個桌子的碎片啊，給我一片好不好？」年輕人指著男人手上的木片，「這個喔？外國人搞不好有意見喔。」「沒關係啦，你們還不是要拿去丟掉，給我一片哪有差？」男人回頭，老外工人正在合力搬動白色柱子，男人抬頭，小夥子領班正在二樓彎腰撿拾垃圾，男人把手中的木片遞給年輕人。謝謝阿伯！年輕人開心的把木片收進背包。「小兄弟啊，請問一下，桌子要怎麼用來打？」「桌子架好，把對手摔過去啊，很刺激的！」年輕人轉身就要離開，男人又問了一句，「小兄弟，摔角到底有什麼好看的？」年輕人看了看男人，笑著回答：「就是用身體表演的刺激場面啊，阿伯你不懂啦，我看你應該不會喜歡啦，謝謝喔，掰掰！」這個笑容讓男人想起公司的副總。

回程的廂型車上氣氛惡劣，小夥子領班說阿兜仔反悔，說我們來太多人了，每個人工資只剩下一千二，地中海禿跟領班大吵，領班放話，有意見的錢拿了就給我滾，自己想辦法回去！地中海禿不情不願的上車，男人心想，以後大概不會再看到地中海禿了，胖女人一路唉聲嘆氣，碎念著年紀這麼大了還要被阿兜仔糟蹋，其他人則低聲附和。男人的襯衫胸前口袋微微鼓著，裡面是一片桌子的碎片，比年輕人拿走的那塊小一點，就當作是用三百塊買個紀念品吧，不虧不虧。

●

男人其實不缺錢，只是無法接受中年失業，整個上班生涯幾乎都擔任不上不下的基層主管，加上景氣不好，年紀是個門檻，能力更是，根本沒有男人可以轉職的工作。單身的唯一好處就是一人飽全家飽，既沒有貸款，父母也早就在多年前一起搬到靈骨塔去了，失業之後男人把車賣了。當了三個月的失業人士，從一天三餐變為只吃一餐，晚上配著電視半夢半醒直到隔天下午，某日男人在鏡中驚覺自己久未補染的髮色，像一叢灰白交雜的雜草。不能繼續無所事事下去了，男人於是撥打了報紙分類廣告上的

人力派遣公司電話，報上自己的年齡跟身體狀況（男人撒謊健康程度優於實際年齡），電話那頭的女聲溫柔詢問：請問您能勝任的是重度勞動、中度勞動還是低度勞動呢？（這時候男人不得不說實話）低度勞動。但男人拒絕了最常見的派報，會見到大量人群的工作不在男人的考量，也請公司盡可能不要排台北市的工作（男人後來才知道每個縣市都有人力派遣公司，這種要求提了跟沒提一樣），因此只剩下各種場地的清潔或布置工作，忙的時候一個月也頂多出勤十來天而已。

再兩個月就是農曆七月了，是旅行社的淡季，男人總在年初把年假在這個月排完，也只有在這個月，男人會想起親生哥哥。哥哥已經離家快三十年了，說是離家，其實是被警察帶走，再也沒有回來，而且，還是母親親手報的警。在那個大學錄取率約莫等於現在大學註冊缺額率的年代，男人考上新莊的私立大學，家裡卻沒有人表示欣喜，哥哥三年前從南海路的男子中學畢業，考進公館的公立大學，家裡的望子成龍額度早在那一刻用掉了。

哥哥在外島當完兩年兵，第一份工作只做了半年，曾經身為男人青春期巨大暗影的優秀哥哥，從此成為把自己關在房間裡的怪人。母親照三餐送飯到哥哥房門前，直到因軍職外派的父親過年前返家，執意破門把哥哥從房裡拖

出來。哥哥和父親在客廳扭打成一團，男人幾乎認不出披頭散髮且長滿鬍髭的哥哥，撞碎了父親從大陸帶來的，曾放在祖父書房裡的花瓶，母親喚來警察。那是近三十年前的大年夜，後來，哥哥被診斷出精神疾病，在父親靠關係安排下轉送東部小城的榮總璞石閣分院，從此再也沒有離開過璞石閣。原來該是一年兩次的，過年前，哥哥生日前，母親會和男人南下探望哥哥，父親則一次都沒有去過。隨著母親年邁，改由男人獨自前往探視哥哥，次數也只剩下年前的一次，父母雙雙過世之後，男人像是完成一件不情願的工作那樣，把前往璞石閣的日期訂在自己工作的淡季，並不在乎這個月吉利與否。

男人回憶起母親每次見到哥哥，總絮絮說著近半年的瑣事。數年過去，哥哥從最初的復健病房，經過多次評估，轉至康復之家。哥哥也從最初長時間的低頭不語，漸漸能回應簡單的單字，再進步到不完整但能辨認的句子，甚至重新學會了撥打電話，但父親從來不和哥哥說話。母親總是會在等待跟哥哥見面之前，向男人說：這是我們最後一次來看你大哥了，大哥很快就可以回家了——但這件事直到母親閉上雙眼都沒有發生。男人不得不承認，大四那年忽然從次子變為長子，某個部分的自己希望哥哥康復，但並不希望哥哥回家。哥哥雖然從來沒說，但男人可以深刻

察覺到，就像父親的態度說明了他已經不要這個兒子，哥哥應該也早就不要這個家了。

　　到了男人一年只探望哥哥一次的這些年，男人開始把工作上的煩惱跟中年的不適應說給哥哥聽，哥哥大多時候傻笑，並不回應什麼，這樣的反應正好是男人需要的，完全沒有後座力和顧慮的盡情傾吐。自從男人失業，竟開始期待起探望哥哥的日子到來。其實男人大可以馬上出發，但一切都按著原來的步調，似乎會是比較好的選擇。

●

　　男人將木片放在桌前，體育館的年輕人是怎麼形容擇角的？「用身體表演的刺激場面」到底是什麼意思？桌子又要怎麼成為擂台上的武器？男人甚少打開家中的電腦，想要查詢卻不知從何查起，不如問問阿華吧。3C 產品是後來才進入男人生活與價值觀的外星科技，在公司裡頂多出張嘴就行了。彼時社區大樓鋪設網路，負責這一層的工程師就是阿華，當時他還是資訊系的大學生呢，男人與他攀談，工程完畢時請他幫忙組裝一台電腦，但那台電腦男人沒有使用過幾次，就被時代淘汰了。兩年後，公司打算導入票務系統電子化，男人聯絡上阿華，想諮詢他的專業

意見，得知阿華自己跳出來開工作室，於是推薦給公司，讓阿華和幾位他介紹的工程師合作，承包了旅行社最初幾代的票務系統，直到公司建立了自己的 IT 部門。但男人跟阿華倒也成為忘年之交，就像是多了個相差好幾歲的弟弟。男人將混亂的桌面收拾乾淨，這才找到阿華的名片。

「老爹，怎麼啦，電腦又有問題了？我先猜，您上一次開機是什麼時候？」

「你少來了，這幾個月我還挺常用的，沒什麼大問題。」

「畢竟是今年才幫你換的全新機種，我就想怎麼會有問題呢。」

「哎呀，一忙都忘了謝謝你，電腦送來還在管理室擺了好久我才去領。」

「老爹您別客氣了，這是您介紹我飯店集團 case 的謝禮，這一筆我可賺不少喔。怎麼會晚上打給我？我以為您老晚上九點就睡了。」

「這是什麼話，你乾脆說是我掛了，託夢打來通知你幫忙收屍。說真的，你懂摔角嗎？」

「啊，摔角？」

「對，摔角。就是男人不穿衣服，在擂台上……」

「您老這是問對人了！我懂摔角，而且不是普通懂，我可是超級摔角迷啊！上上個禮拜我才跟朋友到林口看美國摔角的台灣巡迴賽呢。」

摔角真的在年輕人裡這麼風行嗎？阿華告訴男人，摔角其實是很小眾的活動。男人想知道怎麼入門才好，阿華又揶揄了幾句，告訴男人兩個網站：「摔角博物館」論壇和「F.C.Styles 是個摔角迷」部落格。男人拿好紙筆，要阿華把網址念出來。

「抄？什麼年代了，別抄啦，老爹。我把網址傳給你就好了，寄到公司的 email 就可以了吧？」

「我在公司的電子信箱，已經被收回去了。」

「啊？」

男人告訴阿華，發生一些事情，總之男人已經不在旅行社工作了，但男人沒提起體育館還有人力派遣工作的事。阿華立刻在電話另一頭幫男人註冊了新的電子信箱，告訴男人密碼，也把兩個網站的網址傳到那個信箱了。

「阿華，謝謝你，真的。」

「老爹，您一直照顧我，這哪有什麼，您就當作了解個新興趣吧，摔角很有趣的。」

「好，什麼時候有空，出來吃頓飯吧？」

「沒問題，只是您得讓我請客。」

接下來幾週，除了偶爾接到的派遣工作，男人把空閒時間都花在電腦前和網路上。雖然還是只會用兩手食指緩慢輸入文字，但男人已經看了不少捧角文章和影音網站上的捧角影片剪輯，尤其是「F.C.Styles 是個捧角迷」上〈捧角是什麼〉的系列文章，讓男人學到不少關於捧角的初步知識。至於「捧角博物館」的論壇介面對男人來說還是太複雜了，男人只特別關注「台灣捧角區」這個分類，這才知道台灣也有幾個本土的捧角團體，只是得隔幾個月才有一場例行賽事可看。男人還發現，阿華原來也是個捧角手，乖乖，這小子藏得可真好。偶爾男人也會看看「捧角諮詢區」的文章，看所謂的「板主」回答各式光怪陸離的捧角問題，這個板主一定是個很鍾愛捧角又富有耐心的人吧，男人想。

男人在論壇上看到台灣各團體合辦的年度台灣捧角嘉年華，大部分的網友都在下面熱烈討論壓軸賽事的團體大亂鬥。男人現在知道了，壓軸賽事是從英文「main event」翻譯過來的，意思就是整場捧角表演最主要的對決，通常也是捧角活動宣傳裡主打的比賽。這麼說來，阿兜仔那場 TLC 比賽（桌子、梯子、椅子的英文縮寫）就是那天的壓軸賽吧，果然重口味的就是重頭戲。男人特別讀了網友的林口體育館美國捧角觀戰心得，是全世界最大

的摔角團體，來自美國的 WWE，男人對照著照片回想那天錯身而過的摔角手，試著把他們的樣子跟名字對上。台灣摔角嘉年華兩天的聯票是五百元台幣，男人心算，搞摔角果然不能當成正職啊。當男人發現 WWE 台灣巡迴賽最便宜的二樓票價是一千元起跳，而最靠近擂台的票價是五千八時，回想體育館幾近爆滿的人潮，不由得對阿兜仔砍薪的舉動有些生氣，但隨即又想到：怎麼知道不是領班拗走大家的錢呢？後者的可能性高多了。

　　台灣摔角嘉年華的海報設計得有模有樣，所有的對戰組合也已經張貼在論壇上宣傳了。男人的目光停留在第一天的第一場賽事，是一個以台灣人標準來說相當粗壯的男子，他的擂台名是「石灰」，石灰的對手是個中間有著紅色大問號的黑色人形剪影，這場比賽的名稱是「神祕新人出道戰」，週六下午一點半準時開打。男人在心中圈定這場比賽，中年失業的新手摔角迷，就從支持台灣新人摔角手開始好了，比賽的地點在新闢建的文創園區，是戶外的比賽，從男人的住處搭公車前往，得在中途轉車一次，男人在日曆上圈起兩週後的週末，期待著新手摔角迷的初體驗。

　　那個禮拜，中度颱風直撲台灣，最後轉向掠過，仍然帶來不小的風雨，颱風警報直到週五晚上才解除，男人的

家停了兩次電，電力恢復時急忙查詢台灣摔角嘉年華是否取消或改期，看來是依照原定計畫舉行。週六早上，男人早早起床，是一個沒有下雨的上午，男人十二點半搭上家門口的公車，四十七分抵達轉乘另一班公車的站牌，五十分上車，原本應該在一點十五左右抵達文創園區，但幾分鐘後忽然下起大雨。驟雨打亂了原本順暢的交通，還有大概八站，如果雨小一點，男人也許就下車步行了，但直逼颱風的雨勢把男人困在公車上，是颱風尾啊，男人想。

　　男人在一點五十分終於抵達會場時，雨也正好在幾分鐘前停了，只看見空蕩而潮溼的擂台，工作人員、選手和零星的摔迷在二十公尺外的遮雨棚下躲雨，男人走進棚下，付錢買票。工作人員告訴男人他是第五個到場的摔迷，男人問恢復場地要多久時間，賽程有變動嗎？工作人員說，賽程照舊，讓擂台回復到能比賽的狀況大概需要十分鐘清理，但是第一場比賽已經打完了。——打完了？抱歉，第一場比賽打完了。工作人員指向旁邊以黑布覆蓋的棚子，那是選手的休息區，選手正在裡面休息，請問您是選手的親友嗎？不是，但我就是為了第一場比賽來的。

　　工作人員領男人前往黑色棚子，男人認得站在布幕外的石灰選手，實際看起來比海報上還壯，石灰跟男人握手致意。那個新人呢？男人問。欸，新人！外面的大叔找你，

別躺了，還不快來見你出道第一位粉絲。新人一跛一跛的從布幕後走出，兩手反叉著腰，背似乎很痛的樣子，男人向他表明來意。「我是為了看你的出道賽才來的，不久前我才剛接觸摔角，想說找一個台灣選手好好關注，不過真抱歉啊，你的出道戰我遲到了。」「別這麼說，非常謝謝你。」新人吃力的回話。

「你的比賽，還好嗎？」

「輸了，新人總是得輸的嘛，不過，」

新人忽然向男人深深鞠躬，說了一句男人這輩子都不會忘記的話。

•

農曆七月，男人出發前往小城南方的璞石閣小鎮，這些年來西部的交通方式變化劇烈，光是二高和中山高之間，就蓋起了多條東西向串接的快速道路，形成綿密的路網，更別提高鐵營運以來增設的站點了，西部的一日生活圈已經從展望成為事實。蔣渭水高速公路成為第一條進入台灣東部的國道，讓宜蘭成為大台北的新衛星城市，宜蘭的重要性幾乎擠掉了持續低迷發展的基隆，都不知道繼續把宜蘭畫在東部的分法適不適當了。男人不禁感嘆，東部

的交通真是數十年如一日，遲來的鐵路電氣化，縮短行車時間但運能大減的傾斜式列車，「一票難求」和「一條安全回家的路」的呼聲雖然不代表所有東部人，尤其是小城人的心聲，但政府對東部交通改善的心力實在怠惰，誰叫這裡地大但是選票少呢。以往要到小城，擔心的是可怕的台鐵誤點率，現在除了誤點，還得跟觀光客搶票，男人身為曾經的從業人員，深知票務制度的積習與弊病。

　　但男人還是感受到了難得的旅行的快樂，讓人捨不得眨眼的太平洋海景，經過小城之後是列車窗外的縱谷風光，海岸山脈與中央山脈間翠綠的平野，如果買得到票，傾斜式列車可以在三個小時內，將人從台北車站迷宮下的地底月台，送至小城南方的小鎮璞石閣。男人與一年未見的哥哥相見，哥哥現在的情況，屬於榮總璞石閣分院下的精神科康復之家。總共有一百多位類似的病友，他們參與了名為璞石閣社區復健方案的計畫，白天在璞石閣鎮上的加油站、餐館、羊羹工廠、農場、茶園，甚至是安親班工作，有自己的戶頭，自給自足，晚上再回到院區內過夜，不是本地人的話，根本難以察覺他們的身分。

　　男人待了一個禮拜，跟哥哥聊了許多這半年發生的事，從失業說起，聊到體育館的人力派遣工作，還有男人成為摔角迷的新發現，哥哥用璞石閣的特產羊羹跟男人

交換木片，這本來就是要送給哥哥的禮物。說是聊天，但幾乎都是男人說話居多，看哥哥和一般人無異的料理日常生活，不知道是三十年來的療程出現成果，還是同樣的事情，不可能做了快三十年還不上手。一天夜裡，男人與哥哥對坐，終於鼓起勇氣，問哥哥，你是不是不回台北的家了。哥哥露出很苦惱的神色，久久才緩緩吐出幾個字：「我，這裡，家，也，這裡，璞石閣，就是，家，啊。」哥哥拿著木片，反覆戳著男人的胸口。「你，孤單，寂寞。一起，來璞石閣，家，我跟你，一起。不會，很難。」男人在椅子上低頭忍住眼淚，哥哥起身，站在男人身旁，像小時候那樣，用手壓了壓男人的頭，溫暖的影子蓋住了男人。

男人臨走時，多年來第一次擁抱哥哥，哥哥非常用力的回抱。男人回到台北的家，抽空去看了阿華所屬摔角團體的例行賽，阿華鼓勵男人，就移居小城吧，更何況是璞石閣耶，是比小城還小城的地方，我有一天也會搬回去的，等老爹您走不動了我再去幫您推輪椅啊。男人想起母親臨終前對哥哥康復的掛念，告訴母親也告訴隔壁的父親，不用掛念了，哥哥過得很好，男人在靈骨塔一樓的辦公室為父母的骨灰罈辦理移出。我們一家人從今天起要移居璞石閣了，哥哥就住在家裡附近，我和哥哥每天都會一

起吃晚餐，您們就當他已經回家了吧。

男人取消了人力派遣公司的登錄資料，賣掉台北的房子，在璞石閣換成一棟在哥哥住處附近的兩層樓中古屋，男人的全部家當都還放不滿一樓的房間，小城人在住的方面實在很奢侈。男人參加考試，取得了導遊和領隊的證照，在小城市區中央路成排的中古車店，幾番殺價後買下一台車況良好的九人巴，開始在璞石閣附近重操舊業，只是再也沒有上司跟部屬了，冬天成為男人工作第二春的新旺季，在璞石閣安通溫泉與水尾紅葉溫泉的車站來回接送，就夠男人忙的了。

男人透過網路和電視持續觀看摔角，不知不覺已經能輕鬆分辨數十位美國、日本以及台灣的摔角手，甚至還能講出招式的正確學名。男人也帶著哥哥一起看，哥哥不太能承受過於激烈的動作，倒是很喜歡搞笑歡樂的諧趣摔角。男人仍然相當關注當年的那位新人摔角手，這些年他的出賽次數雖然不多，但論壇上的摔迷一致對他的比賽給予高度評價，稱他是台灣少見的扎實技術流摔角手。男人不再是新人唯一的粉絲，新人已經蛻變為成熟的摔角手了，男人真的很想親眼看看他的比賽。這一批摔角手的石灰和阿華，也都成為各自團體的中流砥柱了。

●

三、四年後，男人在論壇上看到東部有新的摔角團體
成立的消息：

多年來，四位出生自小城的優秀摔角手，

從台灣不同的團體出道，

也曾站上相同的擂台，

帶來精采的對戰與合作，

但他們卻始終沒有機會把職業摔角帶回故鄉。

終於，他們決定回到小城，

創立東部第一個摔角團體：

「巴吉魯小城摔角 Pacilo Wrestling, PCLW」。

請讓我們約定，一年後的今天，

就是職業摔角在東部立足的日子！

請讓我們約定，一年後的今天，

就是「巴吉魯小城摔角」的揚旗之日！

【全力募集練習生及所有工作人員，也歡迎新舊戰友前來小城遠征參戰！】

練習時間：週六 13:00 － 18:00
　　　　　週日 08:00 － 12:00
練習地點：小城主港里里民活動中心

聯絡電話：09XX-XXX-XXX　徐先生
　　　　　09XX-XXX-XXX　劉先生

【PCLW 預計一年後舉辦揚旗戰，希望論壇各路台灣摔友不吝支持指教！】

　　海報上方是巴吉魯小城摔角的 Logo，四位創始成員則在海報中間擺出架式，男人挺欣賞巴吉魯小城摔角的圖騰設計，是台灣摔角團體少見的卡通面具風格，配色則很符合小城給人的印象。男人一眼認出海報上的阿華，他取了新的擂台名：小黑蚊。另外三個選手中，還有當年那場比賽的新人對手石灰，另一個則是戴著和 Logo 完全相同的面具選手，叫做巴吉魯超人，看起來是諧趣摔角手的樣子。男人不知道究竟什麼是巴吉魯，看來應該是一種植

物，發音聽起來像原住民的族語。最後是一個擂台名「惡魚」的摔角手，讓男人大為驚訝，雖然臉部塗上油彩，但這不就是當年石灰的對手嗎？當年的出道新人，今天成了返鄉創立新團體的成熟摔角手，男人想起新人當年說的那句話，還有新人深深的鞠躬。

男人用電子地圖查了小城主港里里民活動中心的位置，離小城火車站不遠，還用街景地圖看了活動中心實際的外觀。男人決定下一次去小城採買物品時，到巴吉魯小城摔角的練習場地探望這些年輕人，如果可能的話，一年後的揚旗戰，或許可以帶哥哥北上小城，看一次摔角比賽。男人想像他推開主港里里民活動中心的大門，當年的那位新人一定在奮力練習，或是認真指導小城的練習生吧。

「希望下一次還有機會讓您見識我的比賽。」當年，新人對男人說。

「這次我可沒遲到了，年輕人。」這是再次見面時，男人打算告訴新人，不，打算告訴惡魚選手的話。

阿嬤的綠寶石 Grandma's Emerald

你真的要聽我說關於摔角的事？那就要從我阿嬤說起了。

先說好，你可別在我面前問，摔角是不是打假的？

阿嬤總是窩在她的小房間看電視，小時候我幾乎可以陪她看整個晚上，其實也不是整個晚上，九點十點阿嬤就會把我趕回房間，畢竟明天還要上學。阿嬤也不是都不出門，我到現在還是搞不清楚阿嬤早上幾點起床，她會先到附近的廟埕，加入其他阿公阿嬤跳元極舞的行列，下午如果天氣還不錯，再到附近的國小散步運動，順便接小學的我回家，那時來福才剛出生沒多久。

這裡的時間快轉一點好了，因為我不太想告訴你國中那年老媽跑掉的事情，我只補充一點點背景就好。這裡是個靠海的漁村，我的十個同學家裡，至少七八個人的爸爸，都在離台灣很遠很遠很遠的漁船上工作，慢慢變成五六個，三四個，最後剩下一兩個。你問我為什麼？因為

台灣人太貴了，外籍漁工便宜聽話又不會老吵著要放假，還好老爸跟的船長還算有義氣，沒有把他丟回村子叫他吃自己。那些早幾年被丟回來的我同學們的爸爸，一個兩個三個四個都變成了酒鬼，老婆跑掉是再常見不過的事，小孩能跑可能也會跑掉。我老爸雖然還有船可以出，但他的老婆還是跑了，其實下場也差不多。

老爸回來發現老媽跑掉的那天，沒說一句話，只狠狠踢了來福一腳，雖然那時來福已經是附近一帶的狗王了，打架從來沒輸過，還是被老爸踢成一粒飛出門外的大黑球。來福夾著尾巴跑掉了，一個禮拜以後才回來。老爸又要出船時，只丟下一句話：狗跑了至少還會回家。就這樣，家裡常常只有我，來福，還有窩在小房間看電視的阿嬤。你問我阿公呢？我出生之前他就跟祖先一起，住到神桌上的公媽牌裡了，一天上香兩次，早上是阿嬤，傍晚當然是我，難不成是來福？

除了八點檔，阿嬤最喜歡看的就是日本摔角，說來有點丟臉，但你現在認識的我啊，如果對摔角還算是熟悉的話，應該就是小時候跟阿嬤每天一起看摔角的緣故，那個成語叫什麼去了，對啦，耳濡目染，把我染成一個摔角迷。但是喜歡摔角可不是什麼會得到大家認同的興趣，你有沒有經歷過隔天上學急著跟同學聊昨天電視節目的年代？有

吧，可是有看摔角的人看的幾乎都是美國摔角，說自己看日本摔角已經夠寂寞了，更何況我還是跟阿嬤一起看的，包準會被笑到放學，不對，笑到畢業都有可能。但阿嬤是很認真的在看摔角喔，雖然她也會抱怨一再重播，而且不怎麼更新摔角節目內容的 X 頻道，但後來阿嬤也有點搞不清楚了，還是很開心的看下去，反倒是我隨著年紀越來越清楚，欸，X 頻道真的是蠻混的電視台啊。

　還好有網路，你知不知道「摔角博物館」論壇？那可是台灣所有摔角迷都會上的地方，不管是像我一樣的日摔迷，還有人多勢眾、講話大聲的美摔迷，甚至冷門的墨西哥摔角之類的，在上面都可以找到討論的同好，論壇還有一區是什麼台灣在地摔角團體的，不過我沒什麼興趣。我是上了摔角博物館才知道，跟阿嬤平常看的 X 頻道，上面播的大部分都是一些老掉牙的比賽，日本的摔角團體不是會來台灣辦比賽嗎？據說很多選手晚上會在飯店守著 X 頻道，因為很多比賽連在日本都很少看到了，哈哈。就算身邊跟網路上的摔迷都是美摔的愛好者居多，我還是不太喜歡美國摔角的誇張風格，為了保護選手而限制許多精采的摔技，配上比八點檔還誇張的劇情，哪裡是日本摔角拳拳到肉可以比的啊！我很常在論壇上跟美摔迷筆戰，你要問我的話，日本摔角才是我心中真正的摔角，不過美摔迷人

數太多了，常常講不過他們。

上大學的暑假，這邊我一定要說明一下，我看你也在偷笑，想不到我這樣的成績還有大學可以念吧？我也超意外的，是離村子不遠，就在隔壁鎮的技術學院。填志願前我從來沒聽過這間學校，但錄取通知單跟新生資料袋上面總共強調了兩次，很快就會升格成大學了，絕對，保證。總之我會繼續住在家裡，可以照顧阿嬤跟來福，暫時不用想說以後要幹麼，至少絕對不要出海，當兵現在也只剩四個月，在大學分成兩個暑假當完就好。成為準技術學院……我是都自稱準大學生啦，阿嬤包給我一個大紅包，老爸回台灣休假時買了台機車給我，雖然我高中早就偷騎他的車好久，但畢竟是我的第一台機車，太爽了。我在論壇上看到美國摔角 WWE 要來台灣比賽的宣傳，之前日本團體也來過幾次，但我還太小也沒錢，實在很可惜。幾個常跟我筆戰的帳號在論壇揪團要大家一起去，我忍不住又留言酸了他們幾句，沒想到居然被嗆說沒看過現場的人不能批評，是怎樣，有看過現場的比較厲害？好啦，我是真的沒看過，那又怎麼樣！

唯一會跟我聊摔角的，是我從小到大的同學也是鄰居，而且也跟我一樣狗屎運分發上同一間大學的阿西，就是他介紹我摔角博物館這個好站的。我要阿西上去論壇幫

我讚聲，以為他會站在我這邊，阿西卻說他也要去看美國摔角，哇靠，胳臂向外彎。阿西說，啊我們就去看一次，至少以後人家不能再嗆我們沒看過，而且機會不是天天有，剛好放暑假又有閒錢。我摸摸口袋裡的紅包，票要多少？一千，阿西說。這麼貴！人家從美國來欸。是最前面的嗎？你在作夢喔，最前面的要五六千。唉，輸人不輸陣，一千塊坐最後面是要看個鳥啊，我跟阿西在媽祖廟對面的便利商店用機器買了兩千五的票，紅包飛了一半。

好不好看？嗯，你慢慢聽我說，為了省錢，我騎車載阿西去，一大早出發，迷路好幾次才到那個什麼林口體育館，你以為在新北市的林口對不對？屁咧，明明就是桃園的龜山，幹麼叫林口體育館？反正林口的旁邊是龜山，龜山的旁邊是林口，路標也分不清楚，山路不好騎，我真心疼我的新車。嗯，美國摔角果然是財大氣粗，我第一次看到這麼大隻的人，阿西說他還以為是熊咧，啊你是看過熊喔？雖然我也沒看過熊就是了。雖然不甘心，但不得不承認，美國摔角的摔迷人真的有夠多，而且，還有不少可愛的女生，超奇怪的。我說到哪裡？喔，比賽，最後一場確實是好看啦，是特別規則的 TLC 賽，就是可以合法使用桌子、鐵梯、鐵椅進行的比賽，TLC 就是這三樣東西的英文縮寫。你知道椅子打在背上有多大聲嗎？碰！砰！碰！

砰！好像體育館裡面忽然打起大雷一樣，還有把折疊的桌子打開、擺好，從擂台角柱上面把對手往桌子摔過去——啪啦——！桌子整個爆開欸，桌腳整個彎掉，桌面碎成一片一片！我跟阿西看到這一幕，即使在二樓的看台，還是忍不住站起來大叫，還好不是只有我們大叫，所以一點也不丟臉，嗯，我其實是配合其他的摔迷啦，氣氛到了啦，配合一下。

嗯，我講得有點誇張，其實真的還好，大概也只有這種比賽算是跟我最愛的日本摔角勉強打平，真的還好。TLC 規則的比賽是當天的壓軸，比賽完了阿西拉著我衝到一樓，要我在護欄旁邊幫他跟擂台照相，結束後阿西還去排隊買現場獨家販售的 T 恤，這傢伙不是日摔迷嗎？阿西這個叛徒。「其實美國日本我都有看，因為你都看日摔我才只跟你聊日摔的。」靠。樓下的美國工作人員正在拆解擂台，旁邊還有一些台灣的阿伯阿姨在清理環境，我叫住一個頭髮灰白的阿伯，跟他討一片桌子的碎片，反正也是要丟掉的嘛，阿伯起初還不願意，他四處看了一下，好像是怕被老外還是他的老闆罵，才拿了一片給我。阿伯幫我拿完桌子碎片，還囉嗦了幾句，問我摔角到底有什麼好看的，又拉著我問桌子要怎麼拿來打，我看他應該不會懂，隨便應付應付，別的工作人員來趕我們走，說要清場了。

我把桌子的碎片拿回家給阿嬤看，說我去看美國摔角，阿嬤先是巴了我頭一下罵我浪費錢，拿著那片木頭又是用手指敲又是用鼻子聞的，不過還是好好聽我把比賽的過程和內容講給她聽，來福坐在旁邊猛搖尾巴，好像把木片當成什麼好吃的零嘴，想得美咧。我還來不及說到砸爆桌子那場，阿嬤就把木片還給我，起身掀開晚上睡覺時會蓋在電視前面的花布，摔角時間到了，今天播的是阿嬤最喜歡，也是我最喜歡的摔角手──三澤光晴選手的比賽。三澤光晴看起來就跟普通的日本大叔沒兩樣，長得不帥，只能說是有些性格，身材不健壯，肚子肥肥的，可是如果這樣你就小看他，那就大錯特錯了。

綠色是三澤光晴的代表色，他的出場曲響起，穿著綠色緊身長褲的他，披著綠色的大衣，沿著花道進場，緩緩走入擂台。先由一段只有鋼琴的緩慢旋律開頭，然後轉入反覆出現的主旋律，電吉他隨著鼓聲出現，節奏越來越快，令人不自覺用手跟著打拍子，這時會場所有人都會大喊「Misawa（三澤）！Misawa！Misawa！」阿嬤和我也會跟著一起喊喔。三澤光晴把綠色大衣往擂台下一拋，露出上半身，只有右手戴著黑色護肘，在角柱旁用背部猛壓繩圈數次進行暖身，這是我看過超多次的畫面。三澤光晴最著名的是他的肘擊，他可是有著「肘擊的貴公子」外

號的摔角手，除了普通的肘擊，還有左右開弓肘擊，肘擊連打等各種角度的肘擊。其中不能不提的就是旋轉肘擊了，第一種旋轉肘擊是接在普通肘擊之後，立刻反身打出一記回馬槍肘擊；第二種更是厲害，原地旋轉身體之後，藉著旋轉產生的離心力，讓肘擊威力加倍往對手招呼過去，不，可能是三倍。肘擊幾乎就是三澤光晴的代名詞，網路上的摔迷都用「L棒」來稱呼，這是電視上的播報員用日文腔來發英文「手肘（elbow）」的諧音，你聽，「L棒連打！」就是肘擊連發的意思。

因為阿嬤聽得懂日文，不時會告訴我一些中文字幕沒有翻譯出來的東西，像是三澤光晴被稱為「受身的天才」，我看網路上說，受身來自柔道，簡單來說就是被摔時降低傷害的方法，三澤光晴在業界被傳說可以用任何地方受身，甚至包括公認最脆弱的脖子；還有三澤生涯早期曾經戴上虎面面具，是二代虎面選手，現在一般摔角迷熟知的虎面，已經是第四代了，基於我對虎面的認識，可以想像早年還沒中年發福的三澤，應該也充滿了在擂台上飛來飛去的本領。1992年10月21日是我絕對不會忘記的日期，光是字幕上出現這個日期就會讓我心跳加快，這一天，三澤光晴披著三條腰帶，以三冠王冠軍王者的身分，接受好友同時也是生涯宿敵川田利明選手的挑戰，是一場大招放

盡的超精采戰鬥，這場比賽實際發生的時候，我都還沒出生呢，實在是因為 X 頻道重播太多次了，但這是少數不管重播幾次，我都不會抱怨的比賽。

阿嬤常說，這個 Misawa，看起來槌槌，古意古意，不過怎麼樣都打不死，一定可以再站起來。雖然三澤當然不是從來沒輸過，不過阿嬤的評價大概也就是我心中對三澤光晴的絕對印象。看到緊張的地方，阿嬤會喃喃自語：「卡緊啦，Misawa，緊用你那個青色的寶石！」阿嬤說的綠色寶石，就是三澤光晴大絕招之一的「綠寶石飛瀑怒濤（エメラルド・フロウジョン，Emerald Flowsion）」——只見三澤左手勾住對手的頸部，右手伸向對手胯下，將對手舉起，順勢扛上自己的右肩，然後整個人身體往右微傾，猛力坐下，對手因落下而背部用力撞擊擂台，三澤立刻轉身壓制對手，裁判數秒，一、二、三——不知道究竟有多少人敗在三澤的這招成名絕技之下。開始上摔角博物館之後我才知道，「綠寶石飛瀑怒濤」是三澤光晴開創發明的嶄新摔角招式，知道這一點更加深了我對三澤的敬佩，招式的名字又非常帥氣，小時候我都讀成綠寶石飛「暴」怒濤，不好意思啦我國文不好。要是你也看過這一招，只要看一次就絕對忘不了。

阿西把摔角博物館介紹給我後，每一篇發文我幾乎

都會上去回應幾句，不過多半都把力氣花在跟美摔迷互相鬥嘴，有一次我印象特別深，論壇難免會有小白註冊帳號上來發文，不是那種廣告帳號喔，而是看不起摔角，故意上來討大家罵、引戰的小白。通常板主群都手腳很快，看到就砍掉了，那天可能是板主慢了，剛好被我看到一篇挑釁的發文。內容大概是說摔角都是打假的，這邊還一堆人討論、分享、寫心得，真的很好笑，我看到的時候下面已經有十幾則回應了，光看小白的貼文，我也想好好回嗆一頓，但是迅速瞄過張貼回應的帳號後，我嚇了一跳，你知道嗎，這是我第一次看到原本勢不兩立的美日摔迷，不管是我很敬佩的日摔同好，還是跟我多次互噴的美摔捍衛者，居然團結一致圍剿小白，這個情形可不常見啊。你以為我只有嚇一跳嗎？我嚇了兩跳！我再仔細讀了大家的回應，居然讓我傻在電腦前面，下巴差點沒掉下來。

喔，對不起，我說到哪裡了？因為我到現在還是有點難以接受這件事。論壇小白至少說對了一件事情，說到底，摔角就是打假的。看吧，你也很意外，是吧？後來我還碰過幾次這種小白，也大概知道大家通常會用哪些固定的方式回應，比如說，電影或魔術是真的嗎？八點檔或是影集是真的嗎？但大家還是看得很高興，不是嗎？大家還會說「摔角的藝術，在於如何把摔角手扮演的角色，用身

體或是其他方式把要鋪陳的故事，確實傳達給觀眾。」這種看起來很厲害的回應，雖然我從來不懂藝術是什麼，但大概就是技術的意思吧——像阿嬤年輕時村子裡沒人補魚網的速度比她快，或是阿西的媽媽在市場十分鐘可以殺好六、七條魚——把看起來很難的事情表現得很簡單，可能因為表現得太簡單了，有些人就認為這些事情原來就是簡單的。

你問假的部分是什麼？是勝負，唉，誰輸誰贏是先安排好的。至於你問的冠軍腰帶，冠軍腰帶大概就像是公司或團體對摔角手的肯定，通常是人氣的肯定，當然有人氣的選手，技術還有各方面應該也都達到了一定的水準。有時候腰帶也是某種傳承或是拉拔新人的手段，畢竟摔角手不可能打一輩子，已經取得地位的資深摔角手，會藉著輸給值得託付公司未來的新人，幫助他得到摔迷的認同，這個過程叫做「上位（push）」。知名度普通的菜鳥擊敗名氣很大的老將，可以為菜鳥加分不少，對老將沒什麼大損失，是一種把菜鳥介紹給觀眾的有效方法。

當時我很不服氣的問阿嬤，電視上的摔角都不是打真的，你甘知影？阿嬤的眼睛沒有離開電視，過了好一陣子才跟我說：

「我知啊，咱看的是功夫，毋是輸贏。」

阿嬤轉過來看我，「戀孫，你若去乎 Misawa 用伊那招『L 棒』搌落去，敢袂痛？」我點點頭。

　　「你提轉來彼片桌仔摔破的柴板，彼个米國仔摔落去，一定痛甲哀爸叫母，對無？」我又點點頭。

　　「人講『做戲悾悾，看戲戀戀』。像 Misawa 若輸，我佮你就心肝艱苦；啊若 Misawa 打贏，阮就笑笑，歡喜去睏。看精采尚要緊。」

　　你看，阿嬤比我專業多了吧。

　　之後我就比較少回應論壇的文章了，因為覺得自己很蠢，雖然有一點被騙的感覺，可是想想阿嬤說的，好像也有道理。不過後來我發現了一件事，從此雖然我還是會多少陪阿嬤看摔角，但是總衷心期盼 X 頻道少播一點三澤光晴的比賽，雖然三澤的比賽似乎比以前播得少了，但如果不小心看到，我會假裝去忙別的事情，或是跟阿嬤說啊這個就看很多遍了啦。

　　你問我是什麼事情？先聽我說另外一件事吧。自從跟阿西去看了 WWE 在林口體育館的台灣巡迴，我開始偶爾會看 LV 電視台代理的 WWE 節目，真的只是偶爾而已，畢竟要知己知彼。我才剛開始看就看到熟悉的面孔，WWE 在宣傳一個參戰日本許久的前 WWE 摔角手即將重返美國，場邊的解說員說他在日本摔角界完全是壓倒性的

強勢，他的名字是「天災大帝（Lord Tensai）」。欸？這個什麼天災大帝的，在日摔的擂台上可是另一個名字──巨人巴拿多（Giant Bernard），你如果看過他的話，絕對不可能忘記他滿布胸前，還延伸到肩膀和上臂的刺青，那是像獸紋一樣，線條銳利的刺青，還有他穿環打釘的乳頭、下巴與耳垂，加上他的身材比日本摔角手要大上好幾號，看起來怪可怕的。

巨人巴拿多曾經兇悍的拿下兩度新日本職業摔角（新日本プロレス，New Japan Pro-Wrestling, NJPW）的IWGP 世界雙打冠軍，也拿過一次三澤光晴創辦的諾亞職業摔角（プロレスリング・ノア，Pro Wrestling Noah）旗下的 GHC 雙打冠軍，通常會出現在日摔擂台的「外國人選手」，都有一定的強度，巨人巴拿多有多強呢？看看日本人為他取的稱號吧：「刺青暴君」、「破壞凶獸」，你大概可以想像當時巨人巴拿多真的完全宰制了所有他踏上的擂台。我有一種看到老朋友的感覺，但顯然 WWE 並沒有太多讓天災大帝延續恐怖實力的空間，他後來竟變成一個丑角，不過這也蠻像是 WWE 的風格就是了……你知道我的意思吧。

我把美國摔角當成對照組來看，最大的收穫，大概是認識了負責講述比賽的台灣播報員橘子。橘子的播報不僅

讓人能完全融入比賽，更會適時補充知識或是笑料，只是他好像後來就消失了，換成完全不懂摔角的 LV 電視台自己的體育主播，讓整個節目的質感下降許多，我也不太清楚橘子不見的原因，只是覺得很可惜。橘子的播報水準絕對不會輸給日本摔角的播報員，能夠擔任對摔角迷來說像夢一樣的工作，他大概是台灣最幸福的摔迷了吧。

說到幸福，晚了幾年才知道這件事的我，那陣子絕對是台灣最不幸的摔迷了，應該怎麼說？就好像有一天你跑船回家，發現老婆跑掉了，這是第一個不幸；你跟村子裡面的左鄰右舍聊起，發現你不是唯一一個老婆跑掉的人，這是第二個不幸；等到你把事情弄清楚，才發現老婆早在你上次剛出海沒幾天就跑掉了，第三個不幸。三重不幸啊，對了，三重在台北市還是新北市？唉，總之我好慢才發現，我和阿嬤的偶像三澤光晴，他──

──他早就去世了。

2009 年 6 月 13 日，三澤光晴創立的職業摔角諾亞在廣島縣立綜合體育館舉辦比賽，兩千三百名觀眾進場，三澤光晴本日的賽事是和年輕後輩潮崎豪搭檔，作為挑戰者組，迎戰冠軍王者組稱號「死神」的齋藤彰俊與野牛史密斯（バイソン・スミス，Bison Smith）搭檔的 GHC 雙打

冠軍賽。三澤光晴於比賽中承受了一記由齋藤彰俊使出，角度非常銳利的岩石落下技，倒在擂台上無法起身。裁判立刻問三澤，你還可以動嗎？「動不了。」留下這句話後，三澤光晴陷入昏迷，心肺功能停止。裁判見狀隨即判定冠軍王者組齋藤彰俊和野牛史密斯防衛成功。所有人都震驚不已，受身天才三澤光晴竟然撐不住一招在摔角比賽中極為常見的岩石落下。當時諾亞的擂台工作人員中，並沒有醫護人員的配置，在具有醫護背景的觀眾進入擂台實施心臟按摩許久未果後，救護車抵達會場，將三澤社長後送至廣島大學醫院進行急救。晚間十點十分，醫院宣告了三澤光晴的死訊，再過五天，就是他四十七歲的生日。

經過多年的擂台征戰，晚年的三澤飽受頸椎骨刺的影響，右眼甚至偶爾會出現原因不明的視力喪失，全身的肩膀、腰部和膝蓋都承受著慢性病一樣反覆發作的疼痛，知情的親近人士曾勸他好好休息，但三澤光晴並未採納。創立諾亞職業摔角後，他並沒有像其他生涯後期創辦團體的前輩一樣，安居於幕後的管理職位，而是同時身兼管理者與摔角手，持續在諾亞於日本各地的巡迴戰中頻繁出賽。

摔角不是打假的嗎？如果是打假的，怎麼會……身為日摔迷，我當然知道以高飛動作著稱的鳥人（ハヤブ

サ，Hayabusa）選手，在擂台上因為失誤傷及頸椎而導致半身癱瘓，可是鳥人選手傷害努力復健，每年都可以看到他又更進步一點的消息，雖然鳥人選手還是在 2016 年 3 月時，因為蜘蛛網膜下腔出血急症病發，四十七歲離世了……摔角不是打假的嗎？我看了當天在廣島事發後的影片好多次，所有選手和工作人員圍著社長，觀眾不時從座位上大吼三澤的名字，實施心肺復甦術的人不斷按壓著毫無反應的三澤光晴的胸口，時間就好像完全沒有前進一樣。稍早才結束自己的比賽，生涯和三澤光晴打出許多經典比賽的高山善廣選手，還來不及換下擂台服裝，一臉茫然的從休息區走往擂台。高山善廣曾經說三澤光晴「跟殭屍一樣」，你以為他已經不行了，絕對可以拿下勝利，在壓制到 2.99999…… 秒時，他卻彈了起來，若無其事的拉了幾下已經穿得夠高腰的綠色褲頭——這是三澤光晴被摔迷常拿來討論的小動作，我們都戲稱這是三澤的「回血」動作——然後像什麼都沒發生過，猛烈的回敬你一組肘擊套餐，讓比賽繼續打下去。我看到高山善廣靜靜站在擂台旁，不可置信的看著那個多次擊倒他的男人，像一團下半部綠色，上半部漸漸轉淡的肉色棉花糖，動也不動的躺在這個男人用盡一切心力打造的綠色擂台。

　　謝謝你的衛生紙。我是一邊哭著，一邊在網路上看完

三澤告別式後日本電視台播出的追悼特別節目的。一個小時的節目裡，回顧了三澤光晴生涯的數場經典戰役，一半以上都是我和阿嬤反覆看過好多遍的。阿嬤喊我吃晚餐，我編了個肚子痛的藉口，來福一直要湊近我，我抓著來福的項圈，把來福拖出房間，靜靜關上房門。

你還記得我怎麼批評 WWE 的嗎？我說他們為了保護選手而限制許多精采的摔技，這也是我剛上論壇時，常用來嘲笑美摔迷的點。我忽然覺得自己好天真，雖然看摔角這麼多年，知道摔角手平均來說壽命不比一般人，畢竟那是長年反覆在擂台上過度使用身體逃不過的代價，雖然死在擂台上就好比武士戰死沙場，好像很美，但實在太痛了。我寧願摔角手可以平安退休，安靜的走完人生最後的歲月。

唉，身為孫子，我覺得應該要告訴阿嬤這件事的，但我怕阿嬤承受不住，連我都承受不住了，是不是繼續欺騙阿嬤會比較好呢？我有時也會希望，如果我這輩子都不知道三澤光晴已經過世就好了，阿嬤，今天又有 Misawa 的比賽喔！什麼都不用多想的，好好看我最喜歡的綠色寶石，在電視裡的擂台上，閃閃發出光芒，當三澤光晴拉拉褲子的時候，我就知道，他要反擊了，水啦！

論壇上再度傳來摔角手的死訊，是台灣摔迷比較

不熟悉的墨西哥摔角大團 AAA（Asistencia Asesoría y Administración）旗下摔角手 Perro Aguayo Jr.，他的父親是墨西哥摔角傳奇，因此他的擂台名也繼承了父親的名號，是墨西哥摔角界中很受歡迎的中生代選手。2015 年 3 月 20 日，比賽在美墨邊境的墨西哥提華納舉辦，是當晚的雙打壓軸賽事。原本這個新聞是不會出現在主流媒體上的，但全世界的主流媒體都大篇幅報導，原因是 Perro 的其中一個對手，是擁有全球知名度的前 WWE 選手 Rey Mysterio。Rey 應該是史上最廣為人知的墨西哥風格面具選手了，他身高不到一百六十公分，墨裔美籍出身的他沒有一般墨西哥選手在美國會遇到的語言問題，縱橫美摔界二十年。比賽中 Rey 對 Perro 施展飛踢，Perro 順勢往第二條繩圈趴著，等待 Rey 隨後將要施展的大絕招，但隊友和對手發現他不只是趴著，而是全身癱軟掛在繩圈上，選手們察覺後立刻調整策略，很快的擊敗 Perro 的搭檔結束比賽。不巧，當天稍早的比賽有兩位選手掛彩，當時醫生正在後台治療，因此延誤了搶救的黃金時間，急救一小時後，Perro Aguayo Jr. 宣告不治，三十六歲去世，還小三澤光晴十歲。

不明就裡的媒體，你知道的，包括台灣跟風的媒體，把事件矛頭紛紛對準 Rey，畢竟他是主流媒體唯一較為熟

悉的摔角手，不久死因傳出，為第一時間因失誤動作導致頸部撞擊質地粗硬的擂台繩圈，引發頸部揮鞭樣損傷，可以說是因為倒向第二條繩圈的時候力道過猛，位置也不妙，造成跟上吊類似的死因。論壇上的大家對媒體的指責大表不滿，延誤急救的原因我剛才說了，有些不了解摔角的網友，在新聞下面說人死了還繼續比賽，有沒有人性啊。全世界的摔角都一樣，摔角手從第一天訓練開始，就要學習不管任何情況，都要好好接下對手的招式。摔角沒辦法暫停，也沒辦法重來。動作失誤了，趕快用下一個精采的動作補救；對手受傷了，趕快改用別的方式，盡量在觀眾不察覺的狀況下，順利把比賽打完。果然，又出現我最受不了的言論，每到這個時候，我就真心希望摔角從頭到尾都是假的，因為這樣，死亡跟意外就可以不是真的。

日後只有少數的媒體跟進報導，在 Perro Aguayo Jr. 的葬禮，Rey Mysterio 也在扶靈的隊伍當中，從逝者家屬的態度，應該可以看出外界對 Rey 的批評，其實是對職業摔角的誤解。有人在論壇上分享了知名摔角手 MVP（Montel Vontavious Porter）寫給 Perro 的哀悼文：

我們總把明天視為理所當然，早晨開車上班工作，回家，理所當然，對吧？當職業摔角手進入擂台，我們了解也

認知到危險，並且努力降低風險——但，危險永遠存在。「不怕死」是職業摔角眾多要素裡最字面上的描述，只是一些出眾的運動員使這一切看來都太容易了。

告訴生命裡重要的人你愛他們，撥電話給因為忙碌而忘記問候的人，人生旅程裡沒有太多時間去完成這些事，沒有人應允我們明天必然來到。親愛的兄弟姊妹，今夜，讓我們一起禱告、舉杯，去做你想做的事。

如果我忽然離開，沒有機會道別，我知道我有過精采的人生、電影般的生活，這是一場精采的旅程。

敬 Perro Aguayo Jr.，敬我們的擂台。

「你那個女朋友，下回請伊來厝內吃暗頓，阿嬤來煮好料。」

我又想逃開晚上的摔角時間，阿嬤趁我開溜前，把我拉進她的小房間。

「是按怎最近 Misawa 的比賽，你攏無興趣？」阿嬤終於問我。

「阿嬤，我不知影，到底應該佮妳講，抑是，抑是恬恬就好。」

「是啥物代誌，袂當講乎恁阿嬤聽？」阿嬤拉著我的

耳朵。

　　我深吸了一口氣。

　　「Misawa 已經、已經，過身——過身幾若年啊！」
我大聲說出來。
　　「喔。」來福被我嚇到，汪汪汪叫個不停。
　　阿嬤轉過身去，把晚上睡覺時會蓋在電視前的花布掀
開。
　　阿嬤坐在她平常的位子上，伸手在旁邊的毛毯裡翻了
幾下，抽出遙控器。

　　「恁阿公這陣佇叨位？」阿嬤問，我看向客廳的神明
桌。
　　「吃飽了後，你有佮伊捻香無？」
　　「有。」

　　「戇孫，Misawa 嘛是同款，就佇電視內底。」

　　阿嬤打開電視，來福趴在阿嬤腳下，尾巴隨著旋律輕
輕擺動，電視上，三澤光晴的出場曲響起，是最前面那段，

只有鋼琴的緩慢旋律。你看哪一天有空，來我家陪阿嬤吃個飯吧。

——第十八屆台北文學獎競賽類小說組首獎作品

橘色播報員消失事件

Finding Orange the Commentator

究竟接著下來冠軍腰帶的挑戰者又會有什麼變化？

公司方面是否又會出手干擾呢？

下週的摔角節目將為大家帶來後續的發展，

謝謝各位的收看，我們下個禮拜見！

　　摔角節目結束，宋先生還在哼著他最喜歡的摔角手出場音樂，宋先生很喜歡最近幾週圍繞這個摔角手開展的節目劇情。當然，收看節目時宋先生完全不覺得那是「劇情」，而是非常投入的，坐在電視前，完全相信這些就是那位摔角手經歷的一切，因為他遭到偷襲而感到憤怒，又為其他摔角手前來相助而感到高興，期待他重新奪回冠軍腰帶的那天到來。多虧了橘色播報員的聲音與翻譯，英文不太在行的宋先生，也完全能夠沉浸在摔角節目的高潮起伏之中。

　　宋先生關掉電視，拍醒側躺在沙發上打瞌睡的宋太太，宋先生可以心滿意足的去睡覺了，明天還要上班呢。

宋太太為他剝的橘子放在桌上，明天早上再吃吧。

──橘色播報員消失前 1 天

「老婆，妳有沒有感覺今天播報員的聲音變了？」

「播報員不是有兩三個人嗎？」

「我不是說外國播報員。」

「那你在說誰？」

「我是說中文的這個播報員。」

「有嗎？」

「有，非常明顯。怎麼換人了？」

「搞不好是請假。」

宋先生坐在客廳的椅子上，打開電視，轉到 LV 育樂台。稍早的中華職棒順利打完，所謂的順利，當然不是指比賽中沒有發生意外的那種順利，而是比賽在節目表上預定的時間內結束。宋先生對棒球不是沒有興趣，只是看摔角的興趣，遠遠超過其他事情，而且，自從宋先生唯一喜歡的那支以龍作為圖騰的紅色棒球隊在他國中時解散後，宋先生就不再看職棒了。有時候準備好心情，打開電視，看到棒球賽還沒打完，宋先生便會先去洗澡，吩咐老婆，棒球賽如果結束了，可要記得往浴室裡喊他幾

聲。

　　宋先生的判斷沒錯，今天摔角節目的播報員，確實不是平常他習慣的那一位。至於原因，我們現在還不能告訴他，宋先生終究會知道的。

　　宋先生看的電視台，不是 LV 育樂台嗎，跟棒球有什麼關係？LV 電視台總共有三個頻道，體育台、綜合台、育樂台，照理說中華職棒的棒球賽事，當然應該由體育台負責，可是當一天有兩場比賽同時進行，我們套個術語吧，同時間有兩場比賽「兩地開打」，另外一場就由育樂台支援。如果今晚的棒球賽沒能如期結束，後面的節目就會自動順延。在宋先生的印象裡，最晚好像延遲過一個小時，那是因為球賽中途下起大雨，因雨暫停了許久。

　　如果只是純粹換個播報員，那也只不過是換個聲音翻譯，播報員有時也會感冒，或是喉嚨的狀況不好，聲音出現細微的差異，但還是原來的聲音，但今天出現在電視，喔，嚴格來說是指出現在電視的揚聲器裡的，是完全不同的聲音。宋先生咕噥著，這個代班的播報員還真不專業，摔角手名字的發音奇怪就不說了，當代班播報員講到可以說是摔角節目精髓的招式講解時，更是漏洞百出。

　　在很長的一段時間裡，台灣代理的美國摔角節目，

晚美國三週播出。宋先生曾在知名的摔角論壇「摔角博物館」上看到，日本也是晚三週播出，但日本代理採取的方式是打上字幕，台灣的作法則有些不同。就像宋先生跟我們看到，喔，聽到的，由播報員將美國摔角的劇情對白同步翻譯，當然不是即時同步，而是配合美國寄來的母帶，加上預錄好的講解音軌，我們跟宋先生是怎麼知道的？用聽的。電視裡的摔角手才剛要開口說話，播報員就已經開始翻譯了。

—— 橘色播報員消失第 1 天

　　宋先生也曾好奇轉到 X 頻道 —— 主打日本摔角的頻道，這個頻道就是用上字幕的方式來翻譯的，但宋先生已經習慣有著大量劇情穿插在比賽之間的美國摔角了。LV育樂台代理的美國摔角，是全世界最大的摔角團體，台灣代理了三檔節目：週一播出的 R 節目，週二播出的 S 節目，週三播出的 N 節目則是後來才增加的。這不是什麼重要的情報，總之，三個節目再各重播幾次，宋先生平日的每個晚上，就都有摔角節目可看了。

　　「播報員回來了嗎？」宋太太遞給宋先生裝水果的盤子。

「還沒，怎麼又是橘子？」

「親戚從老家寄來一整箱。」

「整箱都是橘子？」

「是啊，怎麼，你不喜歡？」

「沒事，只是問問。」宋先生一口吃下兩瓣橘子，再放幾天也許會比較好吃。

「老婆，我看這個播報員，呃，」

「吞下去再說話。」

「這個播報員，好像不是請假一兩天。」

「為什麼？」

「整個禮拜都不是他的聲音，三個節目都不是，而且，」

「人家難免要休假的吧，而且？」

「而且，來代班的播報員都不一樣。」

以每週一的 R 節目為例，在美國本土的節目時間含廣告是三小時，台灣播出的則是海外修剪版的兩個小時，美國摔角發展至今，非常強調娛樂性，也就是充斥大量的戲劇橋段，同一個節目中，會同時有許多條故事線（storyline）進行，那麼，跟常見的肥皂劇有什麼不同呢？即使劇情再怎麼光怪陸離，各角色間的矛盾或糾紛，最終解決的方式就是一場摔角比賽，比賽的結果又會衍生或造

成新的問題，如此故事便可以無止盡的發展。因此橘色播報員工作的其中一大部分，就是翻譯摔角手演繹劇情時說出的台詞。

在宋先生發現橘色播報員消失的那一天，宋太太以為他指的是外國播報員，他們又是誰？這就是橘色播報員工作的另外一大部分了。當摔角手踏入擂台，也就是摔角節目進行到擂台內進行比賽的橋段，某些情況下，摔角手的肢體衝突會發生在辦公室、休息室、後台、停車場、觀眾席的非擂台區域，甚至是另外搭建的攝影棚裡──節目的觀眾必然會入戲接受那些地方就是某個摔角手的家、飯店的房間或是其他劇情設定的地方。如果單純只是看摔角手在擂台內外進行打鬥，那不就跟看監視器一樣無聊嗎？因此這樣的橋段另有專人解說，就是宋太太說的外國播報員了，從二位到三位不等，有時涉入糾紛的摔角手也會客串播報，橘色播報員就得負責將播報員口中說出的訊息如實翻譯。

國外播報員都說些什麼？他們就坐在擂台邊的播報台旁，各有分工，大致可以分為動作解說員（play-by-play announcer）和渲染播報員（color commentator）。前者講解摔角招式名稱、針對比賽進行技術分析，在一般的運動轉播中幾乎都有類似的人員，類似體育主播或是專業球

評。後者則較為特別，簡單來說，渲染播報員的工作便是填滿動作解說員說話的空檔，避免比賽進行的過程中完全無聲。他們可能會閒聊或是說笑，但最常見的，是渲染播報員會大量聲援反派摔角手，作為反派的同情者，因為現場觀眾大多會給予正派摔角手熱烈支持，渲染播報員也會咒罵或嘲笑現場觀眾的反應，還會和支持正派的播報員言詞交火呢，這一切都是為了增添戲劇張力。

所以宋先生並不太責怪代班播報員的表現，一集節目要翻譯的量說多可能不多，但絕對非常雜亂，戲劇的對白可能是其中最簡單的了。招式說明需要專業素養，再加上長期收看節目，才能準確翻譯渲染播報員的話語和選手形象間的關係。宋先生之所以喜歡橘色播報員，習慣他的聲音只是很小的原因，橘色播報員在播報的空檔，還能補充職業摔角發展的歷史和小故事，甚至還能抓出國外播報員的口誤，是宋先生最佩服橘色播報員的地方。

宋先生度過了耳朵非常不適應的一個禮拜，橘色播報員下週該回來了吧。我們本來也是這樣期待的。

──橘色播報員消失第 7 天

事情並不如宋先生預期，接下來數週，電視台幾乎把

旗下所有主播都抓來播過一輪了，這是宋先生的猜測，這種不知道下個禮拜或是明天的節目是誰來播的感覺，讓宋先生完全無法好好享受這個月的摔角節目。直到熟悉的聲音出現，但並不是橘色播報員。「喜愛摔角，熱愛摔角，沒有摔角就吃不下飯，就睡不著覺，甚至就會活不下去的摔角癡、摔角狂，各位摔迷朋友，大家好！」是另一位LV電視台的高人氣資深主播——他的聲音辨識度極高，而且播報風格有著強烈的個人色彩——人稱愛國熱血主播的徐主播。宋先生非常驚訝，徐主播除了「本業」的棒球，還另外兼任這幾年電視台新開的電競節目主播，現在居然連摔角也交給徐主播？電視台操人也未免太過分了些。

宋先生原本以為徐主播也是這波車輪戰中頂替橘色播報員的其中一員，但接下來一週，竟全部都是徐主播的聲音，徐主播雖然比前面幾位代班播報員下了更深的工夫，但還是不免發生報上選手名稱慢了半拍、招式名稱完全沉默的小凸槌，最讓宋先生不能忍受的，是徐主播竟在節目其中一個橋段時，脫口而出：「這也太假了，呵呵。」

「電視怎麼關了？」

「聽不下去。」

「這幾個你都說聽不下去，但關電視還是第一次。」

「老婆，如果妳們公司的新人，試用期一直出包，會

怎樣？」

「教到會為止吧，試用期本來就這樣，要時間才能上手。」

「那如果出包不講，還打從心底看不起公司或是公司進行的業務呢？」

「請他明天不用來上班了。」

「這就是我關電視的原因。」

宋先生大多時候，都在摔角博物館論壇上「潛水」，只看而不發言。因為實在無心細看一個月來的節目，去論壇的次數也少了，但宋先生終於忍不住想上去看看大家是怎麼看待這件事的。宋先生進入論壇，才發現他來遲了，這早已是一個多月來，論壇最熱烈討論的事件。

論壇上，大多的聲音都集中於批評 LV 電視台粗暴且沒有提出解釋的行為，為數不少的網友，尤其是論壇外的網友，早就灌爆了電視台的網站與官方臉書專頁。宋先生注意到一個有趣的看法，電視台為了消弭民怨，所以派上台內人氣最高的播報員，想藉著徐主播長久累積的風評與名氣，減低摔角迷的反對聲音，但這一切都在那句訕笑之後失靈了。宋先生把電腦畫面秀給宋太太看，這是我第一次看到徐主播被批得那麼慘，好可憐喔，宋太太說。哪裡可憐啊，但最可惡的還是做出決策的 LV 電視台高層。

宋先生掃過一篇篇的謾罵和拒看宣言，在其中也看見幾個少數派的看法，宋先生特別注意這幾個帳號的註冊時間，都在論壇成立不久，看來是頗有年資的摔迷。少數派指出，抵制是無效的，更何況，橘色播報員剛開始播報的時候，在其他已經消失的摔角網站上，當時的網友也對還是新人的橘色播報員多所批評，有些老帳號還說，真正習慣的主播，是更久以前的羅賓——那時美國摔角甚至還不是 LV 電視台播呢，羅賓是龔懷主主播的英文名字，但宋先生只知道他是另一個體育台，專門播報賽車比賽的主播，並不知道這段過去，畢竟宋先生那時候還太小了。看著有些老帳號說從來沒喜歡過橘色播報員的風格，還是羅賓好啊，宋先生完全不明白他們的意思。

看到不是自己一個人在意，不是自己一個人感到生氣，宋先生心情舒坦不少，直到上床睡覺前，宋先生才想起，好像沒有人提，橘色播報員到哪裡去了？宋先生告訴宋太太，他一定要找出橘色播報員的下落。

——橘色播報員消失第 36 天

隔天晚上，宋先生連電視都沒有打開，先是上網瀏覽了電視台的臉書專頁和官網，又順手對「抵制電視台，把

橘色播報員還給我們」的活動頁面按了「參加」──這是
一個為期一年的活動，看來發起人是準備長期抗戰了，按
完參加還順便邀請了宋太太的帳號一同共襄盛舉。宋先生
登入論壇，打算親自發一篇文詢問橘色播報員的下落。宋
先生把問題貼完，便去洗澡了，再過不久就是農曆新年，
天氣還是冷得很。

　　包著浴巾的宋先生坐回電腦前，沒想到貼文這麼快就
有人回應。

　　「老婆，原來橘色播報員有自己的臉書專頁！」

　　「那他怎麼說？」

　　「等等，我正在往回看舊文……有了！去年底有一篇
長文。」

　　「你要不要先把身體擦乾，衣服穿一穿。」

　　「那個不急，這個比較急，妳要不要看？」

　　「我在敷臉，你把大意說給我聽。」

　　宋先生的雙腿還滴著水，快速掃過長文兩次。

　　「他說，先是關於徐主播接手，希望大家不要過度責
怪徐主播，因為幕後有其他的原因，是電視台整體預算的
原因。」

　　「預算？」

　　「靠，超扯，LV 實在太黑了，妳知道他們一個月給

橘色播報員多少錢嗎？」

「不會太高對不對，三萬？」

「比 22K 還鳥，哇咧，一個星期五千！」

「一個月兩萬？五千塊一個禮拜三集節目？誇張。」

「因為電視台無力負擔，哈，笑話，所以橘色播報員沒辦法繼續做了。」

「我記得你說過他不是電視台正式編制的員工吧。」

「是啊，所以他們改用自己的主播，就不用額外增加成本，真的夠黑。然後，先前的大家輪流播報，是因為人力吃緊，接下來一大段跟論壇上對指派徐主播負責摔角的看法一樣，想要止住大家的罵聲，不對，搞不好就是轉貼這篇的。」

「還有呢？欸地板上都是你滴的水。」

「我等一下再擦，其實橘色播報員還是蠻厚道的，後面就是一些他對徐主播的敬重，但徐主播的專業來自棒球，最大的問題還是決策高層，然後謝謝大家長年的支持，很遺憾沒辦法陪大家一起看今年的年度大賽了。」

「他有沒有直接開罵？」

「沒有，連高層那段也是很委婉的暗示。」

「唉，不過，這樣算是找到他了吧？」

「是啦，可是也不是。」

「不是？」

「妳小時候有沒有看過黑澀會跟棒棒堂？」

「有啊，那時候誰不看，最紅的兩個節目。」

「妳知道在那之前播的是什麼嗎？」

「好像是……南方公園（South Park）？」

「當年在網路上最紅的口號就是『停播黑棒，還我南方』，南方公園播得好好的，換什麼爛節目！」

「可是我真的只有聽過，沒有看過南方公園。我沒那麼老啊。」

「我又沒比妳大幾歲，我要說的是，到現在連黑棒堂都停掉了，網路上還是繼續有人喊『停播黑棒，還我南方』，因為南方公園還是沒有回來啊。」

「所以？」

「所以雖然是找到橘色播報員的下落，但是橘色播報員已經不在他本來的位子上了，所以這件事還沒完。」

──橘色播報員消失第 37 天

宋先生的農曆新年，都在感冒中度過。家裡又多了一箱橘子，是陪宋太太回娘家時，老家的親戚給的。年後正是宋先生工作的旺季，本來也該是宋先生期待一年一度美

國摔角年度大賽的時候，今年卻完全失去熱情。睡前差點忘了吃感冒藥，宋先生想起，自己已經兩個多禮拜沒看摔角了。

美國摔角除了常態的電視節目，平均每個月都有所謂的「按次付費（pay-per-view, PPV）大賽」，最早可以回溯到 1985 年，PPV 大賽的收看途徑並不是每週例行節目播出的頻道，而是要另外向有線電視業者購買，在比賽當日的特定頻道收看，這種商業模式也廣泛被職業拳擊的腰帶戰或矚目對決和近年崛起的綜合格鬥採用。但在海外地區的台灣，由於延遲製播的關係，很長一段時間以來，並沒有播出美國摔角的特別大賽，只能在每週的節目上，藉著圖卡、定格的畫面，加上橘色播報員的補充說明，想像每月特別大賽上發生的事。

如果宋先生的印象沒錯，在橘色播報員的努力爭取下，先是開始播出最有歷史的四大特別大賽，包括宋先生每年最期待的摔角狂熱（WrestleMania）大賽——要說這是摔角界的美式足球超級盃、美國職棒世界大賽、美國職籃總冠軍賽也不為過。然後，台灣的摔角迷，也能在電視上看到所有的特別大賽了，而且，並不需要另外付費。在摔角狂熱大賽上，有著極為鋪張的排場，以萬人為單位計算的現場觀眾數量，更是許多劇情線發展、糾纏一整年之

後，迎來最大、最後的高潮之處。但今年，想到可怕的播報品質，宋先生實在是提不起勁。

「老公，你看新聞了沒？」

「忙了一天，沒空。怎麼？」

「體育版，這裡。」

宋先生接過報紙，日報體育版以徐主播離開服務十年的電視台作為頭條新聞。多年來，網友早已戲稱 LV 電視台是「主播農場」，訓練出不少姿色與專業兼具的年輕女主播，但幾乎都跳槽到別的電視台了，當然跟待遇有關。宋先生只是沒想到，連資深且廣受歡迎的徐主播，最後也要離開。

「這間電視台到底是怎麼回事？」之後，我們會和宋先生一起看到徐主播出書回顧這段故事，很快的，不會太久。

──橘色播報員消失第 64 天

徐主播留下的空缺，很快由電視台另外一位木石主播補上，這掀起了另一波批評的砲火，宋先生打開電視收看幾次，因為喜愛的傳奇摔角手睽違多年回到節目上，才勉強自己看下去，但已經不像以前那麼狂熱了。

相較於多年前的「停播黑棒，還我南方」浪潮，原本就算是小眾的職業摔角觀眾，更不可能激起什麼鋪天蓋地的效應。偶爾宋先生會注意到論壇上同好繼續數算橘色播報員消失的日數，還有臉書活動上自己概略計算出的天數，轉眼就要半年了。宋先生偶然在網路看到 1996 年前後，台視也曾發生停播熱門美國影集《銀河飛龍》（*Star Trek: The Next Generation*）的事件，時隔十餘年，在網路上的討論區仍舊有許多網友懷恨在心。雖然美國摔角更換台灣播報員，嚴格來說並不是直接停播，對英文能力好的摔角迷，能夠透過官方網站等外文資源，持續更新訊息，影響也有限。但宋先生還是覺得，從小開始接觸美國摔角以來，到深深著迷的過程中，一直都是聽著橘色播報員的聲音。這種硬生生被拔掉什麼的感受，就像小學時代，宋先生喜歡的自然老師調轉他校，課程還是繼續，但對自然科學的愛好，好像也隨著老師離開而中止。

　　這天，宋先生注意到橘色播報員臉書上的一則發文，橘色播報員回顧他還在電視台時，每隔一段時間就會接到各式投訴及主管機關的來函關心，電視台受到的壓力也幾乎都轉由橘色播報員承受。宋先生首先是被文章的附圖吸引的，是一張 NCC（國家通訊傳播委員會）網站上的申訴案件截圖，申訴的節目和時間，正是橘色播報員還在電

視台服務時播報的美國摔角 R 節目：

- 申訴人認為不妥類別：**妨害兒少身心**
- 申訴主旨：**此節目雖是保護級，但太過暴力**
- 申訴內容：

  LV 育樂台播出摔角節目內容暴力！根本不適用於保護級！畫面中有對手場面失控，裁判無法制止，對手開始在場外互毆，拿頭去撞牆、拿椅子去夾對手的頭！攻擊頸椎等不良畫面，根本是要置對方於死地！畫面非常暴力殘忍！體育應是對身心有益，6-12 歲兒童根本不適合觀看此節目！理應開罰。

　　宋先生知道，長期以來，摔角節目都是某些衛道人士的眼中釘，感覺電視台早已收到不少規勸，甚至罰款。但都已經在晚間十點到凌晨兩點的時段播出了，對偶爾在摔角過程中出現的掛彩流血鏡頭，也採取了畫面剩下黑白兩色的抽色手段因應，同一時段的電影台，無論是見血或是打鬥，都能夠在戲劇類別的保護傘下無須對畫面進行任何處理，名副其實的雙重標準。

　　然而宋先生不知道的是，當我們回顧四十年前的 1971 年，老三台時代的中視，開風氣之先播出日本《摔角大賽》

節目，遭到台視向文化局函告於黃金時段播放暴力節目，中視只得將節目移到週五晚上十點後播出，台視則隨即在原先的時段引進美式《摔角擂台》節目。老三台的相互對抗當然不比職業摔角節目內容好看，但引發的事件可就不一樣了，中視摔角節目造成台東縣一男子觀看途中，因緊張而心臟病發身亡，其後幾集節目，苗栗、台北也有觀眾因承受不了節目內容而身亡。台視藉此不斷抨擊日式摔角過於暴力激烈，但等到自家播出美式摔角，才一集就嚇死了台北縣的工人和雲林的婦人……

四十年後的今天，在聲光刺激豢養下的閱聽大眾，已經不可能因為摔角節目過於刺激而危及生命，甚至有許多當年的觀眾，長年收看摔角直至終老，如家住台中太平的百歲人瑞管張奶奶，曾引來媒體報導，我們就以 2013 年 10 月 10 日中國時報的下標當作例子吧：〈阿嬤 100 歲祕訣：看摔角〉。宋先生倒是留下了這張剪報。

──橘色播報員消失第 145 天

根據文史工作者、作家管仁健的回顧報導，我們可以得知當年摔角節目的風行，除了嚇死成人，更大的影響是引起青少年與小孩的瘋狂模仿風潮：

小學裡到處可見有孩子在摔角，你拉我脖子，我踩你肚子。雲林縣虎尾西螺一帶，由於民風慓悍，本來就崇尚武術，許多國高中男生竟在校中架設簡易擂台，男生們在台上廝殺打鬥，女生們在台下鼓掌尖叫。

　　　　──〈管仁健・被迫停播的日本職業摔角擂台賽〉

　　要是宋先生看到這篇文章，一定會覺得很有既視感吧，這不就是四十年後過度熱心的民眾，向 NCC 投訴的內容嗎？但這始終是職業摔角在推廣上不能迴避的問題。宋先生想起，美國摔角節目的官方廣告和節目中，總是一再重述「Don't Try this at Home / School / Anywhere.（請勿在家中／學校／任何地方模仿）」，配上當紅摔角手現身說法，指出自己身上多次受傷開刀的部位，希望以此提醒所有觀眾，尤其是未成年的觀眾群。

　　身為一個摔角迷，宋先生深知那種想要模仿的魔力，即使年近三十的自己，有時進到臥室準備上床就寢時，偶爾也不免會心癢，飛奔跳上雙人床宋太太身旁的位置，口中大喊「飛彈踢擊（Missile Dropkick）！」惹來宋太太尖叫後的一頓責罵。畢竟會模仿的孩子，正經歷充滿活力的青春期，還不知道什麼是意外，不知道身體究竟有多脆

弱。宋先生買過一本作者也是摔角迷的圖文書《摔角王》，這是市面上少數談論職業摔角的台灣書籍，宋先生前前後後買過三本，想到就會拿出來翻翻重讀，書中談到許多作者少時模仿摔角的往事，確實發生骨折之類的嚴重後果。

在宋先生的印象裡，媒體上出現過不少模仿摔角導致意外的報導。2006 年，印尼九歲男童與同伴模仿摔角，不幸受傷死亡，輿論壓力導致印尼電視台停播摔角節目，在摔角大國的美國，類似的意外事件甚至死亡事件，更是時有所聞。當然，最讓宋先生受到震撼，甚至連宋太太都能指稱細節的，就是媒體前些時間瘋狂報導，發生在台灣東部小城工地的大學生模仿摔角致死事件了。據說死亡的少年和當天一起打鬧的朋友都是論壇的同好，好奇的網友加上鍵盤上的正義之士大量湧入摔角博物館，論壇一度因單日流量過大而停機。

即使過了半年，宋先生還是能從回憶裡讀取橘色播報員的聲音，在耳道裡播出橘色播報員對這些事件的警語與沉痛提醒，橘色播報員曾說：職業摔角在台灣乃至全世界，有許多被貼上的標籤及汙名，身為摔角迷應該做的，就是維護摔角迷的形象，只有這樣才有可能漸漸扭轉不理解的人的看法，摔角迷出於熱愛而造成的一次意外或是一次模仿，其實還是回頭傷害了摔角迷最喜歡的摔角。

這些當然不是接手的木石主播會說出的內容，木石主播已經播了半年摔角，還是會把不懂的招式統統都以「延髓斬」帶過，就算使出招式的部位根本不是延髓。宋先生曾從橘色播報員的臉書上得知，美國摔角公司寄送播放母帶到世界各國時，還會附上當集節目的腳本，註明了各個橋段的時間長度，劇情的大致提要，甚至是精確到秒的比賽長度。木石主播很顯然興趣完全不在摔角，因此他常在節目開頭，自以為是的宣布節目尾聲會驚喜出現的回歸摔角手，但那可是觀眾收看節目的驚喜啊。木石主播屢屢「破哏」的行為更讓收看多年的摔迷難以忍受，就算所有人都知道摔角節目中上演的橋段是劇情，身為播報員無論如何都不能說破，播報員應該是要引導觀眾入戲的橋梁，而不是一天到晚把劇情二字掛在嘴邊呀……還有，對於重出江湖的老將，木石主播則因為完全不認識，用冷淡的口氣播報，對照畫面中現場觀眾的熱情反應，宋先生打了一個極深的哈欠，不免想像要是橘色播報員還在，這一段一定會播得非常精采。

──橘色播報員消失第 352 天

一年半過去了，電視台藉著各項抽獎活動炒熱摔角節

目，大手筆送出不少進口官方商品，據說這些都是橘色播報員還在任時，向公司提案卻屢遭否決的點子。只有在網友又指出木石主播的嚴重口誤時，宋先生才會特別在重播時間收看摔角節目。電視台忽然宣布，替換週三的 N 節目為 M 節目，原本大家應該都要生氣的，但可能會生氣的摔迷早就跑光了，反對的聲音還不如橘色播報員消失初期熱烈。

　　N 節目是美國摔角公司的新秀培訓節目，值得期待的新人或是從世界其他摔角團體挖角來的摔角手，在 N 節目上學著適應美國摔角公司的擂台風格，錄製場地是較為小型的場館，節目的劇情單純、合理，聚焦在高水準的比賽上，期待有朝一日能升上被摔角迷稱為「主秀」的 R 節目或 S 節目。N 節目是宋先生在橘色播報員離開後，唯一會整集看完的節目，當然，宋先生有時會按下靜音鍵。

　　即將替換 N 節目的 M 節目，基本上是週一 R 節目和週二 S 節目的精采回顧剪輯，不免讓人猜想是不是為了配合播報相當吃力的木石主播，傳奇選手都能喊錯的他，不可能再有餘力去認識新人了，改成 S 節目後，只要重複前兩個節目的功課就行了。

　　零星的摔迷在電視台官網表示不滿，與先前一面倒的情勢不同，留言串內出現木石主播的擁護者，對批評者展

開反擊。看來，經過一段時間，加上抽獎大放送的「固樁」收到效果，木石主播開始有了自己的支持群眾，宋先生不知道該說什麼好。宋太太對宋先生說，其實仔細想想，木石主播也有他的難處，就像公司因為成本考量縮減人事，而導致接手的人處理本來不擅長的業務，甚至可以說是處理根本不是應徵工作時說好的業務，怎麼會有熱情呢？宋先生嘴上說這種話我可聽不下去，但心裡覺得太太並沒有說錯。

「你是真的打從心裡討厭木石主播嗎？」宋太太問。

「唉，是啦，可是也不是。」

──橘色播報員消失第 529 天

要不是看到徐主播出書的雜誌專訪，宋先生已經忘記橘色播報員究竟消失幾天了。宋先生很驚訝這篇專訪的全文，竟被張貼在摔角論壇上，細細讀過後，原來文章中徐主播除了回顧離開 LV 電視台的始末，還稍微提及了離職前，短暫代打摔角節目的心得。

我在前面講過，主播並沒有選擇播報運動項目的權利，一切聽從公司指派。這一年我跟台內其他主播輪流轉

播了美國職業摔角。說真的，摔角迷觀眾都覺得前任主播比較好，我們被砲轟得很慘，我也覺得很吃力，非常累！可能是因為我就是排斥運動比賽作假吧！前任主播的專業度沒話說，你問我，為什麼要撤換呢？因為高層長官不喜歡他啊！

　　宋先生對徐主播再次把「職業摔角」跟「作假」連結，已經沒有任何生氣的反應，雖然不能認同，倒是能理解徐主播對非專業項目的誤解，反正誤解摔角的，不只有徐主播一人。同一篇專訪裡，徐主播指出在電視台十年，一次也沒調薪過，也對外界向他邀約的主持、代言工作，多方禁止與打壓。宋先生想起電視台付給橘色播報員低得可悲的製作費用，支持橘色播報員跟徐主播繼續燃燒熱情的動力，想必是超越薪水的東西。宋先生將訪談稿存檔，覺得宋太太也應該讀一讀。

　　我們曾經預告，宋先生終究會知道橘色播報員消失的原因，雖然是在將滿兩年的現在，但應該還不算太遲。

　　因為橘色播報員的消失，宋先生才開始尋找橘色播報員的下落，並不是一開始就如此關心橘色播報員。隨著橘色播報員的聲音不再從熟悉的節目中傳出，這些日子以來，宋先生反而對播報台外的橘色播報員，有了更深的認

識。原來，橘色播報員還是一位業餘的職業摔角手，難怪他對招式與摔角歷史的知識，完全超過為了播報做功課能表現出來的熟稔和熱情。這就好像，即使是背下所有數據的資深主播，轉播棒球時仍說不出投打對決的心理——只有曾親身經歷過類似場面、曾經身為選手的球評，才能準確說明這一點。

橘色播報員在臉書上說，他所屬的摔角團體，將在週末舉辦賽事。

——橘色播報員消失第 743 天

這是宋先生打算許久，終於決定動身的一天。宋太太和宋先生搭上捷運，轉乘公車，在會場不遠處下車，還要步行五分鐘左右。宋太太以手充當梳子，將宋先生被風吹亂的頭髮理平。

「緊張嗎？」

「還好。」

「騙人，明明就緊張得要死。」

「真的沒有，又不是沒聽橘色播報員說過話。」

「但你沒跟他說過話啊，這是我第一次看台灣的摔角。」

「我也是。」

「好像快到了。」

「前面那棟應該就是，老婆，送這個會不會很奇怪？」

「現在才問也來不及了吧，是有一點奇怪，似乎太隆重了。」

宋太太和宋先生準備進入會場，在入口處，宋先生聽到熟悉但許久沒有聽到的聲音，從一個男人的背影傳出。是他——是橘色播報員。

「你好，好久不見，呃不對，應該是久仰大名，一直以來都很喜歡你的播報，實在太可惜了，今天特別和我太太一起來看你的比賽，這是一點心意，我太太老家種的橘子，沒有多少，一袋而已，不要客氣。」

宋先生在心中演練將要展開的對話。宋先生向宋太太指出男人的背影，宋太太大力推了宋先生一把，去吧，我再幫你們合照。宋先生拍了拍男人的肩膀，橘色播報員轉過身來。

「已經兩年了，橘色播報員，」宋先生開口說。

——橘色播報員消失第 746 天

宋先生終於習慣（或是放棄）了沒有橘色播報員聲

音的摔角節目，橘色播報員還是會在臉書專頁上和摔角同好聊聊最近的摔角界新聞，特別是傳奇選手的逝世報導，某種意義上來說，橘色播報員好像找到了新的位置。但對宋先生來說，橘色播報員還是沒有回到原本的位置。宋先生不小心轉到摔角節目，聽到熟悉但他許久未曾想起的最喜歡的摔角手入場音樂，這才發現這位摔角手換了個新造型，宋先生把電視音量轉至稍微可以聽見卻又聽不清楚的程度。

客廳的大燈沒開，電視畫面在宋先生的眼鏡上反光，我們看不清楚宋先生臉上的表情，也聽不清楚電視裡傳來的播報⋯⋯

巴吉魯 "Pacilo"

　　中午十二點剛過，Apalo Lohok 花了點時間，從口袋深處找出鑰匙，推開主港里里民活動中心的大門，在玄關處的登記簿上簽名、註記時間，鎖上門，走上二樓的多功能教室。教室的地面鋪滿正方形的大型巧拼，每一塊大概有一平方公尺這麼大。教室外的課表寫著一、三、五晚上是瑜伽課，週六下午和週日上午則由他們借用，除了他們和瑜伽班，這個教室大概沒有其他人會用了。在教室的玄關脫掉鞋子，Apalo 放下商標已經磨損不堪的訓練包，把教室所有的窗戶打開，從這裡，剛好可以看到活動中心前的停車場與半個籃球場。Apalo 走到教室後方，目光越過上次選舉時的市長 Q 版人形立牌，人形立牌和裝有過期政令文宣的紙箱雜亂交疊，旁邊整齊放著十二塊練習柔道的墊子，還是等一下再讓練習生搬吧。Apalo 注視著教室其中一個牆面，可以反射出整個教室的，一整面鏡牆。

　　Apalo Lohok 是占小城四分之一人口的原住民，阿美族的他已經忘了自己的漢名，國中時媽媽帶著他到戶政事

務所恢復族名，Apalo 就是麵包樹，Lohok 則是中午的意思，來自早逝的父親。這才是你真正的名字，媽媽說，從此 Apalo 就丟掉了那個假的名字。Apalo 在教室正中央盤腿坐下，從訓練包中抽出自己親手縫製的面具，這個禮拜天氣不算好，直到週五才開始放晴，面具摸起來還有點潮溼，沒關係，戴上去之後，流汗也是得溼的。這不是 Apalo 的第一個面具，但這個角色代表的，是作為摔角手出道以來的，第二個角色。他總是習慣早到，今天的練習下午一點才會正式開始，換作是以前，他可能會先做好架設擂台前的準備工作，但在這裡就不用了，因為才剛成立不久的「巴吉魯小城摔角」，還沒有自己的擂台。

　　不知道二哥跟里長伯談擂台的事談得怎麼樣了？徐文二算是巴吉魯小城摔角的發起人，雖然二哥他總說是大家四個人一起發起的，但如果不是他提起這個聽來瘋狂的想法，也許大家還各自在其他團體奮鬥，或是因忙於工作、家庭而處於半引退的狀態。四個人當中，就屬 Apalo 最先回到小城，因為母親頻繁出入醫院的緣故，北部也待膩了，離開工作的健身中心，回到小城，正好能夠幫忙家裡在市區的運動用品店，順便回到國小母校，擔任義務的田徑隊教練。

　　下一個回小城的是石令堅，石頭，不過幾乎沒人喊他

的綽號或是本名，大家都喊他的擂台名：石灰。Apalo 還記得跟石灰一起當練習生時，發現同是小城人的親暱感覺，從此就和石灰成為很好的朋友，也是戰友。當年的石灰，體力並不如體育系的 Apalo 出色，也不是團體前輩看好的新人，石灰則以加倍努力作為回應，Apalo 也樂於陪他加練。體能和擂台臨場反應可以靠苦練加強，但老天賜給石灰的壯漢身材，就是別人練不出來的，他最大的優勢。石灰得知 Apalo 要先回小城時，要他一年至少回來和他打一場，Apalo 笑說，反正我是面具選手，就把面具交給新人，繼續延續這個不斷連敗的角色吧。Apalo 回到小城隔年，石灰在比賽中受傷，團體宣布他長期休養，實際上傷勢並不嚴重，倒是家裡的石材廠急著要他回小城接班。Apalo 知道，原來的團體其實還留著他們兩人的位置，想回去只要說一聲，重新參與幾次練習就好，但現在既然跟著二哥跳上這艘賊船，那就不能回頭了。

當年沒邀成二哥一起去沖繩進行海外修行，Apalo 跟石灰也不忘請二哥代為問候另一個團體的阿華，在台灣摔角圈的評價中，阿華漂亮的高飛動作絕對可以排行前幾，可惜因為分屬不同團體，沒有許多機會交手。印象中 Apalo 只在雙打賽事和阿華交手過一次，現在也算是終於有機會能夠一對一交手了。Apalo 是從二哥那裡輾轉聽說

阿華也是小城人的事，嚴格來說，阿華老家在小城南邊的水尾，離小城市區有一段距離。阿華也是夠義氣，跟著二哥號召就回小城了，也還好阿華是電腦工程師，只要有網路，在哪裡接案子，並沒有什麼差別。

在大賣場上班的二哥，今天和明天的訓練都因為排班而不能來，說起來，二哥是這四個人裡最晚出道的摔角手，但實在是因為他作為練習生的時間太長，遲遲沒有等到出道的時機。二哥當時所屬團體的五週年大會，Apalo和石灰坐在觀眾席裡，等的就是二哥的出道戰，卻因為團體的意外事件而取消。最後才在之後各團體難得聯合舉辦的台灣摔角嘉年華上，由石灰作為二哥的出道對手，原本也該是場精采的比賽，但卻碰到颱風，聽說兩人就在大雨中的擂台，終於打完二哥的出道戰。二哥恐怕也是台灣摔角史上，第一個在戶外淋著雨出道的摔角手吧。

接到二哥要在小城成立摔角團體的電話時，Apalo還以為他喝醉了，沒想到二哥很嚴肅的說，他已經把調回小城分店的申請送了出去，而且已經聯絡上阿華，等聯絡好Apalo，下一個就要通知石灰。Apalo問，還有誰？得知只有四個人，怎麼可能撐起一個摔角團體？二哥提醒Apalo許久不曾想起的往事，好多年前，他們也是在什麼都沒有的情況下共同打拚，發展成今天的幾個台灣摔角團體，不

是嗎？聽到二哥說，難道我們四個人，不應該在我們的故鄉小城，搞一個屬於小城的摔角團體嗎？——就憑這句話，Apalo 說，算我一份。

樓下傳來急切的敲門聲，Apalo 從窗戶往下方望，石灰站在里民活動中心的門口，後面站著三個練習生，阿華則在稍遠處停妥機車，「Apalo——你要我們在這裡罰站一整天喔？開門啦——」石灰大喊，Apalo 急忙下樓開門。眾人在多功能教室各自放好隨身物品，石灰吩咐唯一的女子練習生小桃到樓下把共用的大水瓶裝滿，隨即指揮另外兩個練習生兄弟檔宇謙和宇德搬出柔道軟墊，在教室的巧拼地板上拼成一塊巨大的長方形。

大家圍成一個鬆散的圓形，身為團體訓練長的 Apalo 開始發號施令，帶領眾人進行基礎的暖身，把全身的關節都確實熱開之後，接下來是肌力強化的訓練。石灰提醒大家把毛巾放在身邊，等一下會用到，大家輪流報數，每喊一個數字，就完成一下指定動作。Apalo 會決定每個指定動作總共要做幾下，「二十次深蹲，一，」喊完後輪到左邊的阿華，「二，」接著是石灰，依序報數，做到指定的次數為止。從二十次深蹲開始，再來是兩回各十次的伏地挺身，兩回各二十次的仰臥起坐，每套動作間會休息數秒。

接下來的動作，需要兩兩一組，首先是倒立一分鐘，三個老手剛好與三個練習生互相搭配，小桃失敗了很多次，大家停下來等她，其實最長的一次也不到一分鐘，但Apalo仍然帶著大家拍手鼓勵小桃。然後是鍛鍊摔角手肩頸部肌肉的重要動作：腰橋，先躺下，雙手在胸前交叉，向上抬頭，試著用額頭頂住地面，同時雙腳以腳尖抵住地面，弓起背部，讓身體成為一座橋的樣子，「腰橋，練習生一分鐘，正式選手三分鐘」Apalo說。這時就算是石灰跟阿華，也已經氣喘吁吁了，Apalo叫大家擦擦汗、喝喝水吧。

　　「記得看鏡子修正自己的動作啊！」Apalo拍手鼓勵眾人。肌力訓練還有最後三項，第一項是新日本職業摔角發明的「獅式伏地挺身」，先擺出正常的伏地挺身預備動作，雙腳盡量打開使全身呈現「人」字形，伸直的手臂隨著報數開始彎曲，於是身體靠近地面但不接觸，「讓身體感覺好像要擦過地面，很好。」Apalo知道這個動作難度很高，但是能充分訓練核心肌群，身體抬起時Apalo不忘提醒大家，盡量把頭抬高，就像海獅做日光浴的樣子。第二項仍是伏地挺身的變形，也是新日本職業摔角的訓練動作，下壓身體的動作跟標準動作一致，起身時則把頭盡量塞往一側的腋下，一次一邊，可以有效鍛鍊肩膀，這個動

作也非常累。宇德發出有氣無力的聲音說，我不行了，阿華說，這離出道還很遠呢，年輕人。Apalo 決定讓所有人休息一分鐘左右。

最後一項肌力訓練，也是兩兩一組，是脖子的訓練，先是趴著，由另一人在墊著毛巾的脖子上加壓，動作者則努力將頭抬起，維持三十秒。然後側躺，左側右側各抬頭三十秒，今天的肌力強化訓練就到這裡結束了。

三個練習生躺成一片，阿華下樓抽菸。

「哈哈，全倒。二哥這禮拜上班不能來對吧？」石灰問。

「對啊，他這個月週休的假只排到兩次。你看小鬼們等一下還能翻嗎？」

「不能翻就先休息吧，明天再練，我看今天前面圍成圈圈那邊做的次數，好像比平常多喔。你繼續幫他們上觀念好了，反正也才第一個月。」

「才多一點點他們就掛光了，體能還是要慢慢拉起來才行。你跟阿華等下練什麼？」

「下個月可能要被 call 回台北比賽，我跟阿華對練吧。」

「那我不就沒練到？」

「有啊，練習帶小朋友。好啦，明天小朋友換我帶。」

Apalo 跟練習生把柔道墊拼成的長方形區域，移到教室的一側，他們四個則席地坐下，「還在累喔，平常的功課都沒做，雖然今天的分量是加重了一點。」Apalo 想起練習生們來報到時的樣子。當初二哥接洽到里民中心作為訓練場地，身為老摔迷的里長林國柱大叔是個很大的原因，不但出借場地，還介紹了他的兩個正在讀高中的侄子，宇謙和宇德，成為最初的練習生，這時團體的名字都還沒想好呢。當二哥要大家提供團體的名字，Apalo 立刻表示，我希望可以用麵包果當成屬於小城摔角團體的名字，當然不是念成麵包果，就念成小城人都知道的「巴吉魯（Pacilo）」吧，所有人一致通過，這確實是非常具有小城色彩的名字。Apalo 也成為設計團體標誌的負責人，圖騰上的面具摔角手，戴著由黃色麵包果變化而來的面具，也就成為後來 Apalo 擂台角色「巴吉魯超人」的面具原型了。

　　當他們終於在台灣最大的摔角網站「摔角博物館」論壇上，貼出巴吉魯小城摔角成立的訊息後，在小城華東大學念書的小桃，成為巴吉魯有名字後的首位練習生，而且，是少見的女生。即使台灣摔角發展至今，出道過的女子選手仍是屈指可數，但二哥堅持這是個好兆頭，雖然由他來說似乎沒什麼說服力，別的團體多久才能收到一個女

生來當練習生啊？我們一定可以把小桃培養成絕對不輸給男生，成為巴吉魯甚至放眼台灣摔角界的頂尖女子選手。Apalo 雖然曾與從海外前來台灣參戰的幾位女摔角手對戰過，卻也沒有在選手生涯中遇過女練習生，但他過去在健身中心指導過不少女學員，如果小桃能夠堅持下去⋯⋯Apalo 不太同意二哥對小桃的期待，才不是什麼頂尖的女選手，他有信心，如果小桃能夠堅持下去，一定可以訓練她成為很好的摔角手。

「今天不練護身嗎？」小桃問。

「嗯，我看大家累壞了，今天我們就繼續來上觀念好了。看看晚點有沒有時間，或是明天，反正明天也是訓練日，明天再一起把今天的分量做完。」

宇德啊了好大一聲，正在柔道墊上演練比賽序盤動作的阿華嚇了一跳，我看你以後就以抱怨鬼的角色出道好啦，石灰邊鎖住阿華的脖子，邊對宇德說。

Apalo 繼續說下去，上禮拜我們談到角色，就是每個摔角手在擂台上的身分，你們以後每個人都會有至少一個角色，出道之前就要決定好。宇謙舉手，他比弟弟沉穩許多，總是問出好問題，「那個，我很想知道裁判跟司儀的事，但是好像跟角色沒有什麼關係。」Apalo 鼓勵他們隨時發問，他笑了笑。這是個好問題啊，宇謙，裁判、司儀，

甚至還要加上經紀人，這三個工作都跟角色很有關係，你們都看美國摔角或是日本摔角對吧？雖然如果明天巴吉魯就要舉辦比賽，我們只能輪流扮演裁判，司儀可能要拜託林國柱里長幫忙，但實際上這些人，都是摔角手角色個性的延伸。

誰還記得二哥的角色「惡魚」的出生地設定是哪裡？「被水泥封印的溝仔尾自由街大排水溝。」小桃說。很好，這句話不可能是惡魚自己說的吧？當然是由司儀說的。石灰來自太魯閣的水泥工廠，還有體重一百五十公斤，也是司儀說的。實際上石灰頂多一百多公斤吧，司儀報出選手資料的時候，同時就在跟觀眾介紹這個角色，你會想像被水泥封印的溝仔尾是什麼樣子，如果去過太魯閣，路上的水泥工廠也馬上會跳回你的腦海，體重更是用實際的數字讓觀眾信服眼前摔角手代表的力量，就跟魔術師的障眼法一樣。當你聽到阿華的擂台名「小黑蚊」，再聽到司儀介紹他來自「你絕對打不到的地方」，等比賽中看到小黑蚊在擂台上做出各種精采的高飛動作，這些東西就會產生奇妙的連結，讓你牢牢記住這個角色。

那裁判呢？我們先不說裁判在比賽時擔任兩邊選手的橋梁，還有掌握比賽時間跟注意選手是否受傷的工作，宇德，如果你是反派摔角手，你會怎麼利用裁判？「趁裁判

不注意偷襲對手，做一些小動作騙裁判。」對，甚至可以對裁判做出不禮貌、遊走犯規邊緣的舉動，裁判必須要目光非常狹隘，反派選手的骯髒動作他幾乎都看不到，但觀眾看得非常清楚，就強化了反派摔角手的角色特質。正派選手則表現得完全尊重、聽從裁判，就算是被蒙蔽的判決也會接受，觀眾自然會對正派摔角手產生同情和認同。

至於經紀人，不用我多說了吧，想想在 WWE 輔佐過許多摔角手的超級經紀人 Paul Heyman 就好，他跋扈的態度，誇張的猶太人口音，震撼人心的台詞，即使是搭配一位幾乎不說話的摔角手，還是能緊緊抓住你的目光。觀眾知道，他說的每一個字，都代表他身旁的摔角手，連他的聲音跟呼吸，都是表演的一部分。裁判、司儀、經紀人這三個角色，都是摔角手角色的延伸，就像網路遊戲裡的輔助角色，讓好人看起來更正直、更善良，讓壞人看起來更奸詐、更邪惡。「可是我好像沒有看到台灣摔角手有什麼跟經紀人的組合。」宇謙再度舉手。不用舉手沒關係，直接說就好，經紀人不一定要是真正的專職經紀人，也可以由一個團隊中的其他摔角手擔任，而且誰說沒有的，我以前的角色，就有一個經紀人。

「你以前的角色？也是面具選手嗎？」小桃問。

「我還沒出道的時候，就已經決定我一定要當面具選

手。」

「你的經紀人是什麼樣的角色？」

「小桃，妳應該先問，我的角色是什麼樣的角色，因為經紀人只是輔助。」

我的角色，是一個戴著面具，沒有多餘的動作跟反應，除非經紀人一聲令下，才會瘋狂攻擊對手的角色，但只要經紀人一說停，我就會立刻停手。我的經紀人非常多話，而且超愛挑釁對手，還很喜歡說兩兩成對的句子。這個設定最有趣的地方是，我是完全不講話的角色。「所以你的經紀人要說很多話？」宇德問。當然，還要幫他另外準備一支麥克風，觀眾才能聽到他的台詞。我的經紀人原本也是前輩摔角手，因為發生車禍，脊椎打入鋼釘，至少要復健半年到一年，都不知道能不能重返擂台了，於是我們團體設定前輩跟我搭配。觀眾想像不到的是，現實生活中的前輩，話少到一種讓你懷疑他是不是不會說話的地步。

宇謙問，「所以，那些台詞，實際上都是……」對，幾乎全部都是我想的，而且因為戴上全罩式面具的關係，要是前輩在擂台旁忘詞，根本沒辦法用唇語提醒他，每次比賽之前，都要花好長的時間準備，我負責寫稿，前輩負責背，身為經紀人的他當然更累一些，背稿之外還要表

演。不過，我不是很喜歡我的這個角色。

「為什麼？」欸，其實我們有點離題了，我應該要跟你們介紹角色的觀念，怎麼反而講起我自己來了。主因倒不是現實中我跟前輩的個性，完全是我們各自擂台角色的相反性格，而是因為我剛說過的，經紀人應該要是摔角手個性的延伸，可是我的情況，則是團體先考慮了前輩的情況，為了延續前輩的擂台生涯，才設定我扮演這樣的角色。這樣說也許不太好，但卻是事實，如果前輩沒有受傷，如果前輩受傷後決定好好休養，像石灰曾經長期休戰一樣，我應該可以創造更符合自己想法的角色才對。「而且，Apalo 哥明明就很會說話……」宇德說。哈哈，其實這是不專業的表現，但我想，也是因為這組角色設定，實在偏離我跟前輩的真實性格太多了，雖然不是主因，但也是有點重要的原因。

「說好的觀念課，怎麼變成 Apalo Lohok 大大的講古時間了？」

石灰和阿華的對練告一段落，在宇謙和宇德身旁坐了下來。

「對啊，我說太多自己的事了，大家準備一下，五分鐘以後樓下集合跑步。」

「我覺得應該說完，親身經歷就是最好的觀念課，更

何況以前跟你們不同團體，我也想聽完。」因為太熱而打起赤膊的阿華說。

「你是不想跑步吧。唉，我雖然沒聽 Apalo 講過，但我可是親自見證這一切。Apalo，你確定要講？」石灰說。

「只有兩個人聽過，你把故事講完嘛。」小桃說。

「好吧，真的要我說的話，這是非常失敗的摔角手與經紀人組合。就當作是慘痛的錯誤經驗吧。」

我和前輩的合作一開始當然很不順利，雖然前輩同意由我來負責他要講的台詞，可是就像我剛才說的，我寫出來的句子，前輩根本沒辦法好好在比賽時說出口，幾次比賽下來，我也試著跟團體的其他前輩表示這行不通，看是要讓我設計新的角色，或是配合新的經紀人都好，但前輩跟團體說他會繼續努力。我可以理解那種受傷不甘心離開擂台的感受，可是偏偏我的擂台生涯，一開始就得跟前輩綁在一起，前輩沒辦法把台詞說好，連帶影響我在擂台上的表現，比我平常的練習還差得多。「觀眾的反應冷得要命，我記得當時團體裡根本沒有人願意主動和 Apalo 打比賽，因為他的角色得要經紀人說話才能行動，根本沒辦法把注意力好好放在對手身上，很慘。」石灰補充說。

在台灣的摔角手，每一場比賽的機會都非常珍貴，在幾乎沒有營利能力的狀況下，一季能辦上一次比賽，

就已經算是非常多了，要是團體半年才辦一次大會，一年的比賽機會就只有兩次，錯過得要等明年了。我想，再這樣下去不行，在團體重要的年度大會上，我還是按照原來的合作模式，幫前輩把台詞寫好，但其實我寫了另一份台詞。本來應該先等前輩說完一長串的挑釁台詞後，比賽才正式開始，但前輩還沒開口，我就立刻以動作制止他。前輩大概以為他又漏詞了，茫然的看著我，我搶下前輩手中的麥克風，表示我跟經紀人的合作關係就到這場比賽開始之前為止，而且，我把過去幾場比賽對前輩的不滿，在我的台詞裡統統發洩出來，後來我問石灰，不過是六、七分鐘的講話，我還以為自己說了一個小時。「最超過的是，Apalo 還把前輩車禍的事件放進台詞裡，當著所有觀眾的面，叫前輩滾回醫院好好休養。」石灰說。

團體的工作人員和其他的摔角手都非常震驚，我的對手甚至一度想要阻止我說下去，最後我說，現在開始沒有人可以控制我，只有我可以控制我自己，只要我想說話，沒有人可以阻止我。我用力的把麥克風往司儀丟去，脫下外套，示意裁判開始比賽，我聽見觀眾熱烈的反應，是我出道以來第一次沒有被噓。「雖然過分，但不得不說，是難得一見的精采麥克風秀，隨著 Apalo 的每一句話，觀眾的情緒也被越帶越高。」石灰說。Apalo 接著說，原本我

在後台寫在紙上、默背了好幾天的句子，在那個瞬間幾乎都變成不只是句子的東西，所有要說的話都是那麼自然，我的動作、眼神、聲音裡的變化，都填滿了原來那些草稿留白的地方，甚至還自己長出新的連結，這樣說很好笑，但我到現在都還記得，如果真的有摔角之神的話，那天祂一定是微笑著，站在我的擂台角落吧。我完全不必去思考或判斷擂台上的下一步該怎麼做，而是我做出的下一步，就是最剛好、最完美的那一步。觀眾大概以為這是我們設定好的角色劇情吧，整場大會，觀眾最 high 的就是這個時候，我也打出了第一場接近、甚至超過我練習水準的比賽。

「雖然知道你的麥克風秀功力了得，沒想到連聽你講過去的事情，都好像當天就坐在觀眾席裡，」阿華說，對 Apalo 拱手一拜，「不過，你有受到處罰吧？」

當然有，不過比起團體後來給我的處罰，更大的處罰可能是前輩再也不跟我來往，還真的離開團體好一陣子，但我總算是拿回了自己的角色。「Apalo 承受的處罰，就是無止盡的連敗，為了延續他自己製造出的劇情，我的角色還調整成前輩經紀人以前的門徒，在擂台上替經紀人出氣狠狠修理他。」石灰說。雖然我還是能打出很不錯的比賽，團體也沒有限制我的說話內容，但無論比賽再怎麼精

采，都不會安排我贏下比賽，光說我跟石灰就好，一年之內我跟他打了三次，一次也沒贏。「但那三次都是好比賽啊。」石灰拍拍 Apalo 的肩膀。

「我可以問一個問題嗎？」宇謙先是舉手，然後立刻放下。

「當然可以，但已經四點了，我們還是先去跑步吧。樓下集合。」

Apalo 押隊，石灰在隊伍前方領跑，眾人穿過西海廣場上已經完成的高級商旅與複合式購物中心，小城的人們早已淡忘曾經在這塊空地動工之初，發生過模仿摔角的大學生失足死亡事件了，甚至在小城人的對話裡，西海廣場從名詞變成罕用詞，再變成判斷年紀的時間副詞。類似的詞還有原地解散的自強夜市、消失的南濱夜市。類似的詞還有曾經短暫重見天日的自由街大排水溝——它原本該是被人們以紅毛溪之名記得，而不是蓋上水泥、畫上格線的計時收費停車格。類似的詞還有拓寬之前，防風林仍在小徑旁猖狂生長的 193 縣道。類似的詞還有仍分成南、北濱的兩處公園，而不是以醜陋的規畫串接，沒有記憶的太平洋公園。類似的詞還有，小城在異國觀光客大量湧入之前的市容。類似的詞還有許多許多，來不及命名就遭拆毀的木造老屋；西海廣場上還沒被砍去或病死的南美假櫻桃、

琉球松、老榕樹、黑松；被迫拆遷的溝上人家與粗暴切割、丟置在清潔隊對面地上的福住一號橋、二號橋；被無名火焚燒殆盡的東線鐵道員工宿舍；將軍府旁還未加高的美崙溪堤防；拓寬改善後仍然不見效果、徒增小城日常塞車之苦的蘇花公路改善計畫……。Apalo 可以恢復自己的角色，恢復自己的名字，但總有些無法恢復的事或物。

回到里民活動中心，宇德因為補習必須提早離開，阿華則是客戶催件，回家趕案子去了。小桃把瞬間被大家喝光的大水瓶重新注滿，石灰在一旁默默疊起因激烈練習而已經看不出排成巨大長方形的柔道軟墊，整理好墊子，石灰也有事要先走了。

「你要問我什麼？」Apalo 問宇謙。

「我想知道，你當面具選手的原因。」

宇謙點頭，擦過汗的毛巾放在身旁，摺成一塊整齊的方形。

「好。」

你是土生土長的小城人，所以你可以一眼辨認我是原住民，對吧？但我外地的大學同學，沒有經歷這樣的生活經驗，所以沒有辨認的能力，我永遠都記得，在迎新活動上說自己是原住民時，大家認為我「不夠黑，怎麼可能是原住民」的表情。這是一件奇怪的事，一種屬害的刻板印

象，身為膚色比較白的 Pangcah，不就證明了這個刻板印象的錯誤嗎？但即使我的存在可以證明刻板印象的荒謬，卻絲毫無法撼動這個刻板印象。隨著年紀，你們會發現，不能撼動的事情還有非常多。我很自豪自己的身分，但我對原住民是一種特殊身分，感到說不上來的奇怪，因為這個身分並不是我自己選的。

我被歸類到這種身分、屬於這種身分的過程，跟這個身分特不特別無關，在我有能力表達意見之前，我就屬於這個身分了。社會告訴我們，這是一個特別的身分。我知道我是原住民，這是事實，可是如果你看著我的膚色，不熟悉我的輪廓，你很可能會懷疑我的身分。我喜歡我是小城人，喜歡自己是原住民，喜歡我是 Pangcah，但是我更想要一個，完全由我掌控、設定的身分，一個不會被扭曲、誤解，沒有太多包袱的角色。我發現可以在擂台上找到這樣的身分。

「什麼是……Pangcah ？阿美族不是 Amis 嗎？」宇謙問。

Apalo 笑著拍拍宇謙的頭，「是啊，你要叫我阿美族或是 Amis，都可以，但我叫自己 Pangcah。漢字好像寫成『邦查』吧。」

「為什麼？」

「問倒我了。這樣吧，就好像如果有人說摔角是假的，我接受；但對我來說，我相信對你來說也是，摔角是真的。這樣說你懂嗎？」

宇謙點頭。Apalo 從眼神知道他真的懂。

在我立志要成為摔角手時，我唯一想成為的，就是面具選手。我沒有辦法用我天生的樣子，去扮演一個擂台角色。我想要戴上一個自己設計、製作，由我決定別人看到的是什麼的身分，只要我決定我的面具用哪一種顏色，別人就只能接受我是這種顏色的摔角手，別人就只能接受我是這種樣子的摔角手。我可以決定別人看我的方式，跟我擁有的其他身分都不同，我擁有的其他身分裡面也有我，但除了我之外，還有刻板印象、偏見、成見……或是連我自己都不知道的特徵。這就是我抗拒自己第一個面具角色的原因，那不是我可以掌控的，雖然我控制了面具的樣子，也控制了經紀人的台詞，但終究不是我說出來的。

在上一個摔角團體裡，我是創團以來第二個面具選手，第一個戴面具的前輩已經算是引退了，前輩退居幕後，擔任團體的顧問。知道我想要成為面具選手之後，前輩帶我參觀他的房間，我沒有在任何人的房間裡看過這麼多關於摔角面具的書籍和雜誌。我注意到前輩書桌旁的玻璃櫃，原本上面也應該展示著，許許多多從國外購物網站

上買來的原版面具，甚至是知名面具摔角手戴過的試合用面具，我好像曾在某個地方看過這個玻璃櫃。前輩說，也許你有在摔角博物館上看過我的面具收藏心得文吧，那個蒐集很多面具的大叔，就是我。不過在我眼前的那個玻璃櫃，已經完全清空了。前輩因為一次失誤的高飛動作導致膝蓋重傷，除了不得不從擂台上引退，更需要盡快進行手術，前輩於是清空了他所有的面具，不值錢的面具就分送給同好，值錢的面具則在網路上拍賣，很快就賣完了，因為我賣得非常便宜啊，前輩說。Apalo，我太慢才知道你想要當面具選手了，沒辦法送幾個面具給你，但是我可以教會你，怎麼製作獨一無二的面具，就當作是我的傳承吧。

　　我問前輩，就算引退，為什麼要清空這麼多年的收藏？前輩沉默許久，才回答我，「要讓自己死心，我的身體不能再回到擂台了，我不能再看到面具，尤其是我自己的面具，」前輩把雙手手掌相接，合成面具的樣子，蓋在他的臉上，「況且，能換錢的面具賣掉，也許就可以用比較好的自費材料動手術，算是補償我的膝蓋吧。」如果你們之中有人想要成為面具選手，當然也可以在網路上買現成的面具，可是如果你們願意的話，我希望你們從我這裡學會自己做面具的方法，就像當年前輩教會我一樣。

我現在的第二個面具角色，完全是我自己設計的。我不會認為 Apalo Lohok 就是超人巴吉魯，雖然巴吉魯小城摔角和超人巴吉魯裡的「巴吉魯」，就是我名字裡的 Apalo。可是，Apalo 並不等於巴吉魯，你頂多只能說 Apalo 和巴吉魯都是路標，指向我們叫做麵包樹、麵包果的東西，甚至連麵包樹、麵包果都是路標，他們都指著「某個方向」，但他們都不等於「那個方向」本身。面具選手的臉就是面具，不同的角色，只要換張臉就行了，即使同一張臉由不同的人戴上，觀眾也不一定會發現。這也許就是我當面具選手的原因。啊，時間差不多了，你們也該回家了。

　　Apalo 對小桃和宇謙說，明天早上，我們把今天應該要翻的、要做的護身練習，都補回來。今晚每個人都去想一個自己的擂台角色，宇謙記得提醒弟弟，角色的個性、裝扮、說話的方式、走路的樣子，還有角色的出場音樂、設定的出生地、屬於自己的口號或是招牌動作，不是想出來就好了，明天你們要告訴大家，為什麼你這樣設定，不一定要告訴我們背後的故事，但你要講出一套說法，讓這些特徵跟你的角色很自然的產生連結，就是今天的功課。其他的，我們明天早上再說吧。

　　Apalo 叫住穿鞋正準備下樓的小桃和宇謙，補上一段

話：「記住，你的擂台角色可以非常像你，或是非常不像你。但進入擂台的你，絕對不是平常的那個你。可是進入擂台的你又和平常的你有某種關係，如果你們能聽懂這段話，絕對可以創造出很棒的角色。」

　　天色已經完全暗了下來，Apalo 從二樓的窗戶目送宇謙和小桃離開，一一關上、鎖上窗戶，確認沒有在教室留下任何垃圾，把個人用品和雜物收拾好，背起訓練包，下樓，在玄關處的登記簿上簽名、註記時間，花了點時間，從口袋深處找出鑰匙，關上，鎖上里民活動中心的大門。

　　戴上安全帽，Apalo 跨上機車離開。

　　巴吉魯超人的面具，還留在二樓的窗台上，微微散發著溼氣，而教室後方的鏡牆裡，也有一個巴吉魯超人的面具。

藍皮夜車 Midnight Blue Train

　　在夢裡，卓哥正爬上擂台的角柱，在不知名的體育館裡，爆滿的觀眾席，第一排坐著主治醫生、物理治療師、護理師、同事、家人，他們一起大聲喊著他的名字，喊著他們在現實中並不知道的名字。卓哥又要做出他最拿手的招式：「假面跳水式撲擊」，他已經三、四年沒做這個動作了。對手躺在擂台中間，裁判制止卓哥繼續爬高，他深吸一口氣，準備好了，屈膝蹲低，往對手的位置跳去——

　　——卓哥從夢中驚醒，搖晃的藍皮夜車預計在小鎮的車站停車三分鐘，列車緩緩駛入月台，完全停止前，因煞車老舊而猛烈的頓了一下，忽然的震動讓他以為右腳膝蓋又開始作怪了。但在伸手檢查膝蓋之前，他發現自己的雙手，下意識的同時搔抓著臉頰。唉，職業病。

　　月台提醒發車的鈴聲終於停止，年輕人趕在最後一秒衝向列車，幾秒後，手動的車廂門被喘著氣的年輕人打開，年輕人背著背包，像是要去不遠的地方旅行。年輕人拿起車票尋找位置，其實隨便坐就可以了，又慢又舊的藍

皮列車,開行時間又是深夜,只剩下空位多這個優點,卓哥想。年輕人在卓哥身旁停下,往隔著走道的位置坐下,兩個座位原本都是空的,年輕人坐在靠窗的位置上喘氣,把臉緊緊貼向窗戶,好像在尋找什麼。窗上暈出年輕人的鼻息,一陣一陣的白霧。

卓哥看年輕人在靠走道的座位擺上背包,脫掉灰色的連帽外套。卓哥忽然覺得自己有些冷,伸手探向也放在自己身旁靠走道座位上的背包,抽出一件薄外套反穿,列車又猛烈的頓了一下,發車了,月台上戴著大盤帽的站務員與車站的建築緩緩後退,年輕人還在緊盯著窗戶。

列車在三分鐘內兩次劇烈震動,讓卓哥的膝蓋不太舒服,他把屁股往前挪了挪,側身往走道伸展右腿,年輕人似乎已經放棄看向窗外,卓哥的舉動引來他的注意,但年輕人隨即將頭轉了回去。調整好坐姿,卓哥抬頭確認行李架上的工具箱還在原處,拉高反穿在身上的外套領口。要是列車裡的光線能再暗一點就好了,就像客運在國道上的時候。可惜要前往交通不便的東部小城,並沒有繞過北部、接著開往東部的客運,就算有,卓哥的膝蓋,恐怕也無法連續忍受數小時的顛簸。

卓哥想回去把那個中斷的夢作完,睡意緩緩浮上,車廂內響起一段激烈的音樂前奏,從卓哥的右側傳來。

卓哥不禁睜開雙眼，是他熟悉不過的音樂，只是沒想到會在深夜的慢行列車上聽到，是他不可能不認識的面具摔角手——獸神・萊卡（獸神サンダー・ライガー，Jyushin Thunder Liger）的主題曲，聲音就來自走道隔壁，像他一樣獨占兩個座位的年輕人，更準確的說，聲音就來自年輕人牛仔褲口袋裡的手機。

音樂正進入卓哥最喜歡的部分，這個部分總是讓他熱血沸騰，腦中甚至出現了獸神・萊卡向觀眾致意的畫面，獸神・萊卡準備脫下披風——年輕人按掉了音樂。沒隔多久，音樂再度從頭播起，這次年輕人更快按掉，卓哥完全失去了睡意，他的眼神也很難從年輕人身上轉開。年輕人的手機螢幕亮了起來，甚至還來不及播出鈴聲，年輕人把來電按掉，索性關機。發現卓哥盯著他看，年輕人把右手舉到眉前，向卓哥點頭，表示歉意。

「歹勢，吵到你睡覺。」已經不喘了的年輕人說。

「沒事，沒事，」卓哥朝年輕人微微點頭，「打那麼急可能是急事，不接嗎？」

「應該是急事，但我現在不想接，所以關機了。」

「喔，」別人的私事也不好說什麼，「那個音樂……」

「我關機了，不會再響了。」年輕人急忙解釋。

「不是那個意思。」

年輕人露出疑惑的表情。

卓哥把椅背調回原來的高度，「我是說，我最喜歡面具摔角手了，尤其是獸神・萊卡，沒有聽完有點可惜。」

「原來如此。」年輕人露出笑容。

「大哥，你也喜歡獸神・萊卡啊？可以聽出這首歌的人不多。」年輕人把自己跟背包換位。

「至少這節車廂就有兩個。」

「搞不好這班列車就我們兩個。」

「我也坐過去一點好了，」卓哥也把自己和背包換位，伸出左手，「難得遇到摔角迷，怎麼稱呼？」

「大家都叫我阿忠，大哥呢？」阿忠回握。

「幸會幸會，我姓卓，大家都喊我哥卓大哥，所以你別叫我卓大哥啊。」

「那就卓哥吧。」

「行。」

「阿忠，你坐到哪裡？」

「小城。卓哥你呢？」

「也是小城，哈，我們很有緣。」

「真的很巧。」

●

　　「卓哥也是小城人嗎？」阿忠問。卓哥搖搖頭，「你
呢，還是學生？」「前幾天還是，但我要回去準備當兵
了。」「跑這麼遠讀書也真是辛苦了，回去一趟很久啊。」
「卓哥是去小城玩？」卓哥指了他頭上的工具箱，「我做
水電的，去小城做工程。」「跑那麼遠？」「時機不好啊，
你也知道。認識的工頭揪我，說小城市區有一塊空地就要
開工了，有飯店還有購物中心，至少可以做半年跑不掉，
那個空地名字我忘了。」「西海廣場。」「對對，就是西
海廣場，還有啊，也算是去看我一個徒弟，他跟你一樣，
都是小城人。」

　　阿忠巧遇摔角迷的心情在得知卓哥是西海廣場的工
人之後，變得有些複雜。「是水電的徒弟嗎？」阿忠問，
卓哥搖搖頭「這怎麼說比較好呢，你看台灣摔角嗎？」阿
忠回說不怎麼看，但幾個團體還是知道的。卓哥從背包抽
出一本 A4 大小的書，遞到阿忠手上。說是書其實也沒那
麼厚，比較像是雜誌的厚度，標題上的日文阿忠看不懂，
但大概跟英文標題一樣意思吧，寫著「ローカルプロレス
ラー図鑑（Local Wrestler Directory）」，封面上還有年
分，距離現在有幾年了。阿忠疑惑的看著卓哥。「這是一

個日本摔迷獨立製作發行的，英文你懂吧？在地摔角手圖鑑。」卓哥要阿忠翻到目錄頁，「你看，台灣的幾個摔角團體都在上面，其他都是日本當地的小團體，有些人也會用『獨立圈』或是『獨立摔角手』來稱呼這些人。」阿忠第一次看到這樣的圖鑑，目錄上的團體除了台灣的摔角團體他還算知道外，剩下的日本團體，他幾乎聽都沒聽過。

阿忠問卓哥有沒有上過「摔角博物館」這個論壇，「哈！當然有啊，我還當過論壇『台灣摔角區』的板主咧！」「真的假的？我常常看到有人在說獨立圈（independent circuit / indie circuit）、獨立摔角手，但確切的定義是什麼？」「這個嘛，說白一點就是名氣小的團體，沒關係這也是事實，不過嚴格說起來，大概是指沒有能力經營電視轉播，或是只能在某個區域內舉辦比賽，資金、人力、選手陣容都比不上知名的美國、日本、墨西哥大型團體——大家絕對喊得出團體名字的，大概都不算是獨立圈團體。」「原來如此，這樣說我就懂了。」阿忠說。

卓哥翻到某個台灣團體的其中一頁，「這個，就是我。」卓哥指著分成四格的照片裡，左下角的照片，是一個面具摔角手。文字雖然都是日文，但照片上每個人都有五項基本介紹，分別是生日、出生地、出道日期、絕招名稱以及出場曲，下面還有幾句簡單介紹摔角手的句子。

「原來卓哥才大我十歲啊。」「看不出來吧，不算老吧。」「哈哈，還可以。」卓哥把圖鑑拿回手上翻了翻，「哎呀，這本沒有我徒弟啊，應該是隔年還是隔兩年的圖鑑上面就有他了，不過這是我最後一年在圖鑑上。」「為什麼？」「這一年我就引退了，我徒弟剛好隔年出道，但他現在回小城，也離開團體了，他是原住民，阿美族，你是嗎？」阿忠搖頭。「抱歉啊，我不會分，想到小城就會想到原住民，是討厭的刻板印象吧？我的徒弟以前常常抱怨這件事。對了，他也是個面具摔角手，他的面具，就是我教他做的。」

「這本就送給你吧，這是我最後一本在地摔角手圖鑑了，其他的都送人了。我本來收藏很多摔角的東西，但前幾年都清掉了。」卓哥說。阿忠連忙道謝，「卓哥可以幫我簽名嗎？」「這是面具摔角手的大忌啊，讓你看到我的真面目，不過我已經引退了沒差，這很珍貴喔，哈哈，最後一次簽摔角手的東西。」卓哥在面具摔角手照片旁，簽上他的擂台名與日期，日期旁邊寫上，於藍皮夜車，寫完又在簽名旁補上：給有緣的阿忠。「我今天應該是被摔角之神祝福了，在回家的火車上遇到摔角迷，而且是內行的摔角迷，還是摔角博物館的板主，更是個面具摔角手，太酷了。」「後面兩句的身分，都是過去式了。」卓哥說。

「卓哥為什麼這麼早引退，是工作嗎？」「百分之九十九的台灣摔角手，不管有沒有繼續摔角，都是要工作的，畢竟沒辦法靠這個賺錢。至於我為什麼這麼早引退，跟我為什麼把摔角的收藏都清空，其實是同一個原因。」卓哥拉起右邊的褲管，露出右腳的膝蓋。

列車又忽然而猛烈的頓了一下，卓哥抿唇，低聲發出嘶聲。

沒有人上車，也沒有人下車。

在卓哥的膝蓋上，有著兩個左右對稱約一公分長的疤痕，另一個比較長的疤痕則從膝蓋下緣往小腿延伸。其實並不明顯，隔遠一點看，像是兩個點，加上一豎短短的直線，好像膝蓋上畫了卡通般的表情，卓哥捲起褲管，把膝蓋秀給阿忠看。

手術到現在三年多了，卓哥說。

「你知道『splash』這招嗎，阿忠？」

「知道，中文好像是……『撲擊』？圖鑑上面說你的絕招，也是一招撲擊吧？」

「對，當年我最有名的就是這個撲擊。可是很遺憾的，也是因為這個撲擊，讓我的膝蓋必須挨刀。」

卓哥說起他還是面具摔角手的往事。

●

　雖然我已經引退了，但是身材還保持得不錯吧。你是摔角迷，所以你看我的身材，應該會猜我會選打擊技或是很有視覺衝擊力的摔技來當絕招，可是我的絕招反而是一招大多是高飛選手或是中等體型選手在用的角柱撲擊。年輕的時候沒感覺，觀眾跟團體的戰友也都很喜歡看我一個面具壯漢，爬上角柱使出撲擊的樣子。我撲在擂台的聲音，如果你聽過的話，比這藍皮列車壞掉的煞車還大聲得多。但是隨著年紀，我這種體重加上每一場撲擊個幾次，對膝蓋其實很傷，越來越容易不舒服，但累積的傷就算了，摔角手誰不是一身傷？

　像我們這種怪力型選手，再戴上面具，感覺就很嚇人。有一年的台灣摔角嘉年華──就是少數台灣各團體一起舉辦的聯合大會，我對上另一個團體的怪力選手，賽前這場比賽就是大家非常矚目的對決。身為摔角迷的你應該知道，所謂的「夢幻對決」，通常都是指跨團體或是跨時代的摔角手，終於在同一個擂台中對戰，我們那一場比賽，就有這種味道。我跟另一個老兄，都在各自的團體大殺四方，可以說找不到對手，所以談妥這場比賽後，我自己也非常期待。

但是，如果你回想看過的「夢幻對決」，噱頭都很夠，但大部分的比賽內容都令人有點失望，對吧？如果是跨時代的對決，比較老的摔角手，體能上已經沒辦法負荷高強度的擂台表現了，年輕的選手反而要盡量配合，比賽自然不會太精采。至於跨團體的對決，通常是旗鼓相當，都是當打之年的摔角手，應該比賽會很棒才是。可是就是因為平常分屬不同團體，沒有什麼對戰的經驗，如果沒有另外在賽前多花時間練習、培養默契的話，兩邊的磨合根本就不夠，只能臨場應變了。

　　我的情況就是後者，當然賽前還是有溝通，是三十分鐘一決勝負的比賽，也決定好比賽結束的方式。你果然是摔角迷，因為我們在各自的團體，擂台角色都被營造得非常強勢，誰輸都不好，或是換個角度，誰都不願意輸給對方。所以經過兩個團體高層還有我跟那位老兄的反覆溝通，我們決定打滿三十分鐘，最後來個不分勝負，這樣兩個摔角手的強度跟說服力都不會受到影響。

　　開頭的序盤戰還算可以，就是逆水平、手刀、肘擊、金臂勾的打擊技來回互擊，我打什麼過去他就打什麼回來。反正都打在肉上，打響就對了，把氣氛先炒熱起來就對了，這個階段大概設定七到八分鐘。這一場的裁判是由已經引退的台灣摔角界老前輩擔任，因為要打滿三十分

鐘，他必須即時提醒我們時間還剩多少，雖然說是七分鐘的序盤戰，但一開始的嗆聲、叫囂就花掉差不多兩分鐘啦。

然後慢慢切入中盤戰，阿忠，如果是你會怎麼對付怪力型選手？沒錯，就是挑他身體某個部位當作攻擊目標，賽前說好讓對方的老兄在中盤開始針對我的腿部攻擊，這樣我就可以 sell（佯裝受傷）腳部的傷勢，露出破綻讓他可以對我使用固定技，或是一些跑繩的打擊技或摔技，讓整個比賽的節奏產生變化，也讓觀眾有「面具摔角手好像會被這個老兄幹掉喔」的感覺。而且賽前我還提醒對手老兄，記得試著脫我的面具，身為面具摔角手，面具絕對不能被摘掉，觀眾一定會喜歡這個挑釁、侮辱面具摔角手的動作。他對我的右腳膝蓋做出一個跑繩後的滑壘踢擊，這樣我就會右腳受創而單膝跪地，讓他可以接著施展一系列的固定技。結果他衝得實在太快，扎扎實實直接踹上我的膝蓋，我的反應看起來雖然跟設計的橋段一樣，可是真的非常痛，而且是我的膝蓋真的覺得不妙的那種痛。

列車駛入一段連續的隧道，是火車往小城路上必定會經過的路段。

隧道內的壓力變化，讓阿忠耳朵有點不適。

你也看到我以前的面具了，是全罩型的面具，這種

面具因為沒有露出嘴巴，我痛苦的表情根本沒人察覺，但還算是撐得過去。老兄也像我們講好的，試著摘掉我的面具，觀眾卯起來狂噓他。我守住面具之後，他老兄打算對我使出神射手固定（sharpshooter）。我躺著，他把我雙腳打開，左腳越過我的胯下，踩在我腰部右邊的擂台上，以他的左腳為中軸，用手把我的兩腳在他的左大腿上交叉，再用右手壓住我兩腳交疊的地方避免鬆開，然後左腳不動，他的身體向左轉，右腳順勢踏向我腰部右側的地面，我們兩個本來是面對面，經過轉身之後，就變成互相背對，我趴著他站著的姿態。然後他往下半蹲，神射手固定就使出來了。他要轉身的那個瞬間我對他說，我右邊膝蓋不 OK，他低聲說知道了。他於是沒那麼用力壓我的右膝，我還是 sell 了一下這招固定技的強度，做出非常掙扎的樣子，然後匍匐前進，用手勾住最下面的繩圈，裁判制止老兄，他解開固定技。觀眾這時候已經很 high 了，為我和對手老兄大聲加油的聲音交錯出現，真爽。

接著他又分別鎖住我的手跟頭，算是固定技套餐吧，我表現得像是隨時都要 tap out（拍地投降）的樣子，不過都在千鈞一髮之際破解他的固定技，到這邊為止我們都做得不錯。摔角手就是這樣，只要聽到觀眾的反應激烈，不管是呼聲還是噓聲，就會暫時忘記身體的痛苦，還有可

能的風險。換我發動攻勢，一方面因為剛才的拉扯，其實我的面具有點鬆掉，中盤開始我就不斷用雙手確認面具的狀況；一方面我持續 sell 右腳膝蓋，但實際上也是真的越來越不舒服。時間差不多來到末盤戰，裁判在我們一次金臂勾互擊雙雙倒地，趁機休息的時候，告訴我們還有六分鐘，撐完就好。雖然擂台外面已經吵翻天了，但不知道這樣說你相不相信，不管擂台外再怎麼喧鬧，擂台中央永遠都很安靜。我和老兄躺在擂台上，他問我行不行，我說當然啊怕你不行而已，好啊再來啊，別躺了，起來幹活吧！

　　如果順利打完這六分鐘，也許我今天還沒引退。我把老兄打下擂台，打算來一個看起來要解決他的場外撲擊，我平常也很少對場外施展撲擊，都是撲在擂台上。當然他會躲開，賽前我們也反覆確認地面，我撲下去那個點的軟墊有特別加厚，他不知道什麼時候跟裁判說了我膝蓋的狀況，當我要爬上角柱時，裁判，不，前輩拉住我，問我要不要換一招，前輩用唇語說膝蓋，然後搖頭。觀眾不斷叫囂、大喊，全場都在叫我的名字，我對前輩說，你自己用眼睛看看、用耳朵聽聽好不好，場子都熱成這樣了，換個屁啊。我推開前輩，快速爬上角柱頂端，雙手抓了抓臉頰確認面具，就要往場外飛撲了。我深吸一口氣，準備好，屈膝蹲低，他躺在地上輕輕點頭，我往他的位置撲擊過

去，我看到自己離他越來越近，擂台加上地面的距離，這段時間過得比平常久一點，我看到他轉身，躲開，讓出那個軟墊加厚的位置。

我自認很漂亮的撲在那個位置上，著地的瞬間，我只聽到短促的「啪！」一聲。我以為大家都聽到了，但其實只有我聽見。擂台附近實在太吵，到現在我還很清楚記得那個聲音，從我右腳的膝蓋裡面傳來。我只記得在地上先是伸手確認了面具的情況，然後就抱緊我的右腳膝蓋大叫。後來大家跟我說，他們以為我今天非常投入，那個當下大家都覺得我表現得超真，幹，因為就是真的那麼痛。痛的感覺減弱一點點之後，完了，右腳完全沒力，可是我得回到擂台上才行。

這場因為是矚目的夢幻對決，兩邊團體的選手跟練習生都圍在擂台側觀戰。我撲下去的地方剛好是老兄的團體，我用手招來其中比較熟識的選手，跟他說，我上不去，他腦筋動得很快，立刻夥同他們團體的其他人假裝圍毆大招失敗、看起來自爆躺在地上的我，他們合力抬起我，從地上把我半打半推回擂台。我從第三條繩圈下方被推進擂台，裁判立刻過來看我，我跟前輩說，我站不起來。剛剛的友團選手們也察覺我的情況，於是他們團體的所有選手，湧向站在擂台另一側的我們團體的選手，兩邊選手展

開規模浩大的超級大混戰，老兄也假裝被牽制在擂台外，沒辦法回到擂台上。終於我們還是拖過了三十分鐘，觀眾超級超級超級熱烈，簡直都要瘋了。現在回想起來，雖然我沒有打真正的引退賽就引退了，但如果就用這場比賽當成我的引退賽，那我也很滿足了，沒有什麼遺憾。

手動的車廂門被拉開，列車長對還醒著的乘客驗票，貼心的不吵醒熟睡的乘客。

「阿忠，你說你跟你的好朋友都是捧迷，你們會不會偶爾自己模仿捧角？」

「這倒不會。」阿忠心虛的說。

「我強烈建議不要比較好，我就是最好的例子，就算有安全的場地、專業的訓練，還是有可能毀掉自己的身體。」

卓哥輕輕摩挲右膝。

阿忠和卓哥分別遞出車票，列車長看過後蓋上驗票章，到下一節車廂去了。

●

我並沒有馬上動手術，雖然我是從擂台裡被扛出去的。結束比賽後，我以為是骨頭歪掉或是脫臼，看了熟

悉的中醫，醫生說骨頭好像真的歪掉，像平常一樣幫我喬，但是才一喬下去就痛到快往生，我只好先暫停所有的練習，當然也沒有繼續比賽。腳並沒有像從前的經驗一樣，放著自然就會慢慢變好，反而越來越痛。我痛到受不了了，才到大醫院的骨科接受診斷，X光顯示骨頭還好，但核磁共振確定了我的前十字韌帶斷裂，半月軟骨也撕裂了。

　　骨科醫生告訴我動手術的必要，我只在意能不能治好，讓我重回擂台要多久時間。醫生知道我是因為摔角受傷後，告訴我他沒辦法告訴我絕對不能回去打摔角，但是最快也要至少一年的復原期。加上評估我的傷病史後，要嘛就是動手術，傷好得差不多就回到擂台，但可能過沒多久又要手術，最後下半輩子帶著壞掉的腿，像殘廢一樣活著；或是動完手術，把傷養好，永遠離開擂台，至少會有一條能用的腿陪我到死。我思考了很久，畢竟我也不年輕了，我想知道這樣的大手術要花多少錢，當然，如果都用好一點的醫療材料，還有盡可能縮短復原期。

　　醫生幫我評估，我的情況要一次動兩個手術：前十字韌帶重建手術，還有半月軟骨修復手術。兩種手術都是在膝關節旁邊開一個小洞，利用關節鏡進行手術，傷口都很小，術後也很容易照顧。前十字韌帶的修補材料是利用身

體其他部位的自體肌腱，有很多種韌帶可以選擇，醫生建議我使用大腿的股薄肌肌腱，股薄肌肌腱可以自體再生，只是移植後的原肌腱需要較長的復原時間，但因為這種肌腱的張力只有半個前十字韌帶強，需要使用兩條肌腱修補，加上術後肌腱減少的關係，大腿的肌力也會降低。至於半月板修復手術，要進行手術時才能確定損傷的狀況，如果碎掉就只能挖掉清除，單純撕裂的話縫補就可以了，費用則是依照修復中使用的醫療耗材數量而定，半月板的縫補一針大約是一萬元。

　　詢問了許多醫生，還有動過類似手術的朋友，我大概要準備十萬會比較保險。我望著累積多年的珍貴摔角收藏，大部分都是摔角面具，我甚至請人訂做了一個玻璃櫃來擺放珍貴的試合用面具。如果我的傷好了，但是要永遠離開擂台，從摔角手的角色退下來，我就不能再看到任何面具，只要還看得到面具，我一定會非常痛苦，特別是我親手做給自己的面具，光是用想像的就覺得痛苦。一來是為了實際上的經濟考量，二來是我要切斷我的心魔，我開始把收藏分類，留下如果世界末日或是要帶去荒島的十來本摔角書籍和雜誌，其他全部都送人了，送不完的就在摔角博物館上送給網友。

至於面具，我把商品版的面具分送給摔角圈的好朋友跟後輩，多的一樣丟到論壇上讓網友索取，運費我出，既然要斷就斷個乾淨，高級的試合用面具則放上網拍，有些甚至賣得比我買來時還便宜，很快就賣光了。分類面具時，我不小心把虎面二代的試合用面具，跟送給網友的商品型面具混在一起，寄了出去，沒關係，我相信面具會找到需要它的主人。

　　「是很漂亮，很精緻的虎面二代面具呢，我只偷偷戴過一次，雖然是我擁有過的面具，但戴起來還是覺得像在偷戴誰的面具那樣。尤其是沿著老虎耳朵延伸到下巴的白色虎毛，啊，到現在都還記得摸起來的觸感。」

　　阿忠看著卓哥雙手在空中比畫，形容到面具細節時，卓哥伸手在阿忠的臉上畫出虎面面具白毛的位置。阿忠很想別過頭去，他避開卓哥的眼神，假裝認真看著卓哥的手。同樣的手勢，不一樣的燈光，不一樣的地方，對了，還有不一樣的氣味，阿忠努力不去想其他的事，但是很難。

　　清掉這些收藏的過程中，腳的疼痛也一天天加劇，其實沒有什麼難過的感覺。真的難過，是最後手邊的五個半面具，不，四個半才對：三個是我上場用過的，一個留作備用，還有一個才縫到一半，我把這些面具全部戴在原

本用來製作面具的髮型人頭上，那是我從美髮用品店買來的。套著面具的人頭被我裝在金爐裡，拿到家裡附近的河堤上點火，我本來想遠遠看著就好，火焰先是舔食著人造皮上的染料，然後才吞下整個面具，發出燃燒塑膠的刺鼻味道，接著是黑煙，我忍不住往前，就站在金爐旁邊，讓黑色的煙飄向我、包圍我，嗆出一堆鼻涕跟眼淚，我現在還可以聞到那個味道，親手毀掉自己最愛的東西的味道，嗆到倒沒關係，總比一個人在房間哭哭啼啼好吧，哈哈。

籌到了預定的金額，跟預期的相差不多，房間清掉的東西變成存摺裡的一堆數字，還有許多網友的感謝，說真的我並沒有任何反應。手術的過程就不說了，總共住院四天，術前一天，術後三天，前前後後總共花掉快九萬塊。最可怕的應該是復健期，我的右腳得花一個多月從抬腿開始學起，一個多月後才重新學會手術前沒有異物感、不費力的走路方法。我從來不知道下樓梯會這麼痛、這麼痠，三個禮拜後我才在手術後第一次正常沖水洗澡。隨時都要戴上限制膝蓋彎曲角度的膝支架，不能因為痠痛就把腳放著，因為循環變差，不動就會充血腫脹。手術後我再次一個人騎機車跟搭公車，已經是一個半月後的事了。每天都要提醒自己，時不時把腳打直，早上睜開眼睛第一件事，就是忍痛充分伸展、熱開患腳的所有關節，不然膝蓋會有

很重的異物感，整個膝關節也會非常卡。勉強可以走路、上下樓梯後，要重新學蹲、重新訓練平衡感，每個動作都非常痠痛。

術後半年，最後一次物理治療，物理治療師說看起來傷口都算是癒合好了，肌力測試也復原到接近一般人的水準，治療師仍然叮嚀我避免激烈奔跑，跳和蹬則是盡量避免。三年過去了，我除了第一年偶爾快走，再也沒有跑超過十分鐘了，更不要說跳或是蹬了。

直到現在，大部分日常生活的動作我都沒問題了，但是我的身體只留下害怕受傷和受傷瞬間的感覺，身為摔角手的曾經的肌肉記憶，似乎已經全部消失了，就像從來沒有學過一樣。將近一年後，我才再出現在團體的練習時間，但我只是在旁邊看，團體讓我轉成顧問，我看著練習生在軟墊上做各種角度的護身翻滾，對我來說每一個動作都非常陌生，沒有一個動作是我自認能夠輕易做出來的。

如果我說不知道為什麼這種事會發生在我身上，其實我是知道的。如果你問我後不後悔，我很想說不會，但我想我是真的有一點後悔吧。我不斷作各式各樣使出撲擊的夢，好像只有在夢裡，我還擁有摔角手的身體，背景永遠都是受傷那天的歡呼聲，那天觀眾給出的熱烈反應，我沒有在台灣摔角的任何場合再聽到過。是不是我自己放大了

那天的氣氛？可能是吧，但我覺得不是。至少在夢裡，我覺得很幸福。至少在夢裡，我還是原來那個面具摔角手。

●

卓哥已經沉沉睡去，他忘記放下右腳的褲管，阿忠想要幫他，發現卓哥的右手掌，緊緊蓋在捲曲褲管與膝蓋相鄰的地方，壓住褲管，也壓住有著淡淡疤痕的右膝。

卓哥睡去之前，告訴阿忠，如果以後有人再問你摔角是真的還是假的，你就跟他們說我的故事。阿忠問卓哥，現在的你，還愛摔角嗎？當然，因為愛，就是痛苦。

藍皮夜車駛入東部，接下來會是一連串比之前都還要長，還要連續的山洞。阿忠知道他的耳朵屆時又會更加不適，決定在山洞路段來到之前，先躲到睡眠裡，阿忠知道，什麼是痛苦。

●

藍皮夜車終於抵達終點站小城，仍然在完全停止之前，發出猛烈的頓挫。

提著工具箱的男人和背著背包的年輕人，步出車站大

廳。站前廣場幾乎只剩下路燈的光線，附近所有的商家早都打烊了，躺椅上有幾位街友正熟睡著，作著不知是幸福還是不幸的夢。

「這麼晚了，卓哥有地方住嗎？」

「下禮拜一才要向工頭報到，這幾天打算住車站附近，先觀光一下。你呢，回家嗎？」

「我要去西海廣場旁邊的速食店，跟幾個高中好兄弟約在那裡。」

「現在嗎？那我也一起去西海廣場繞繞好了，看看是什麼樣的工地。」

男人和年輕人搭上站前排班的計程車，司機好像剛睡醒的樣子。

「去西海廣場旁邊的速食店，謝謝。」阿忠對司機說。

「很遠嗎？」

「不會，十分鐘一定到。」

計程車從排班處駛出，沿著國聯三路，在招牌燈熄滅的棒壘球打擊場右轉，順著國聯五路，與商校街交叉後路名變為進豐街，經過帝君廟，直行，匯入明禮路，經過全小城歷史最悠久的明禮國小，遇到第一個沒有在夜半轉為閃爍號誌的紅綠燈，是紅燈。

「前面是中正路，右轉馬上就是廣場。」阿忠說。

「真的很近。」卓哥說。

男人低頭撫摸褲管下的膝蓋，年輕人則好像忽然想起什麼似的，低頭把手機打開，希望好兄弟們還沒離開西海廣場，不應該把手機關機的。他們沒有注意到往廣場的方向，閃爍著藍紅交替的光線。

綠燈。

計程車右轉，藍紅交替的光線在油漆公會塗料色卡編號一之十八號的純黃色車體上反光，他們很快就會看到了。

他們很快就到了。

尚未決定的擂台名／筆名

遲到的謝誌

　　《擂台旁邊》最初的樣子，是一冊以淺咖啡色雲彩紙作為封面、內文 A4 雙面列印，約一百多頁的東華大學華文所創作組畢業作品——現在應該分別在圖書館和系辦公室內，某個角落的書架上，與架上的歷屆研究生論文或畢業創作，一起靜靜擺放著。對當時交出紙本作品的我來說，這僅代表了總算完成研究所的學業，並沒有想像過接下來發生的事，更別說想像某天這部作品會變成偶然出現在您手上的，現在這個樣子。

　　作為畢業論文的《擂台旁邊》，遺漏了一篇〈謝誌〉。而我曾經想像過，若有機會，我將會補上這篇遲到的謝誌。沒有這些貴人，《擂台旁邊》必定還是多年來不時掛在嘴邊的胡扯、或夢中閃現的幻影，是這些人讓《擂台旁邊》變得真實，變得可能，最終得以完成。

　　感謝指導教授吳明益老師，我偷偷追著老師那以身教

要求自己、我不可能追上的背影，猛然回頭才發現自己也跑出了一小段足跡，謝謝老師讓我相信自己可以寫，謝謝老師為《擂台旁邊》寫下如此貴重的推薦序；謝謝擔任畢業創作計畫審查的楊翠老師，總是給予溫暖；謝謝擔任口試委員的林宜澐老師、許又方老師，諸位老師的意見與批評，給身為小說新手的我許多勇氣、也給《擂台旁邊》最實際且精準的建議；感謝華文系須文蔚系主任的通融，使我得以在該學期完成畢業程序；謝謝系辦助理伍佳雯小姐在畢業手續上的協助。謝謝親愛的同學策子，成為第一個校對、抓錯字的讀者；謝謝同門師姊若榆以過來人的經驗提點口試撇步。感謝東華大學華文系的師長與同儕，是這個環境讓我得以遇見相信文學、相信寫作的人，在東華待上六年的我，久了也以為自己好像也是這樣的人。

我不知道這世界是否真有摔角之神的存在，但我寧可信其有。沒有邱昱翔先生的論文《擂臺即舞臺：職業摔角表演初探》，就沒有今日的《擂台旁邊》，藉著這篇論文爬梳的台灣摔角發展史，我得以了解並親自接觸台灣的摔角團體：台灣衝擊摔角聯盟（IWL）、新台灣娛樂摔角聯盟（NTW）、台灣極限職業摔角（TEPW）等。謝謝所有團體、眾摔角手、工作人員的熱情協助，我從來不覺得自己是在「田野調查」或「取材」，總感覺是和遠方的夥伴

相聚、一起度過好多個興奮、激動的觀賽或練習的下午。

　　我曾到位於台南的南區摔角訓練場地參訪，謝謝NTW 的 Black Ho 選手、TEPW 的黑色藍天選手在南部一見如故的大力款待。特別感謝 TEPW 的漢森博億選手，他邀請我擔任團體影片計畫的文字構成，給了我身為摔角迷的光榮時刻。鍾權導演所拍攝的《正面迎擊》台灣摔角紀錄片，與高中畢業那年偶然購入的李國弘先生所著《摔角王》一書，都豐富、拓展了我的小說田畝，幾位創作者都親切回應、鼓勵我的書寫。謝謝橘子，謝謝他從電視機中傳出的播報聲，還有網路上與現實中的交流，我以小說向他表達敬意。台灣最專業的摔角部落客 F.C.Styles，是我所知以非摔角手身分對摔角投注最多熱情的人，感謝他的部落格介紹、翻譯許多精采文章。臉書與網路上的摔角同好社群，永遠都是不專業摔角迷如我的最佳寶庫，謝謝活躍的網友與樂於分享資訊的同好。

　　幾位資深摔角同好在出版前讀過《擂台旁邊》初稿，並對其中若干細節給予指正，感謝邱昱翔先生與 IWL 資深裁判林亞蔚（和田京平）先生對小說中摔角歷史的審定意見。旅美摔角部落客 Shane Liu 給予的鼓勵與建議，我也透過網路在跨過海洋的這一端收到了，謝謝摔角界的前輩、夥伴，是他們讓《擂台旁邊》更加真實、可信。摔

角夥伴對我想要寫作摔角小說的豪語，未曾懷疑的全力支持，只能努力以小說作為回報，希望沒有愧對他們在擂台上揮灑的血淚。最要特別感謝的是巴吉魯小城摔角（Pacilo Wrestling，PCLW）成員，謝謝惡魚選手（徐文二）、小黑蚊選手（劉昱華）、石灰選手（石令堅）及超人巴吉魯選手（Apalo Lohok），謝謝他們的故事，謝謝他們讓小城擁有摔角。

除了摔角夥伴，幾位好友也搶先試閱，謝謝他們不因友情而減損直接批評的力道，對《擂台旁邊》幫助甚大：謝謝賴亭宇、徐偉桓、李學人、妮娜姊、林耕霈、陳允中（感謝修訂英文標題）。幾位我心儀的小說寫作者，也撥冗閱讀了《擂台旁邊》，能得到他們的意見已經是莫大的榮幸，謝謝他們以創作者的敏銳慧眼檢視《擂台旁邊》，我更期待的是，有更多讀者能像我一樣，在眾多寫作者中辨認出他們，成為他們未來的讀者：羅士庭、李牧耘、邱常婷（甫出版小說《怪物之鄉》，非常推薦）。

開始寫作以來，承蒙許多前輩、師長的提攜，《擂台旁邊》得以出版，首要感謝詩人蔡琳森及花蓮同鄉作家前輩陳玠安，我與兩位前輩並非交情深厚的舊識，但他們對我視如己出的拉拔，我銘感於心。謝謝我人生中認識的第一位專業編輯賴雯琪，始終給我最大的鼓勵；謝謝素未謀

面的詩人李雲顥，在撰寫補助計畫上分享詳盡的經驗，我會繼續寫作，希望不負前輩的恩澤。特別感謝藉由山崎車業張大哥的引薦，小說中的骨科與精神醫學相關知識，得以通過真實的考驗。《擂台旁邊》尚未完成時，我曾在四個演講場合概略提起這個當時聽來相當虛幻的寫作計畫，謝謝花蓮縣救國團「生活美學文藝營（我連續兩年以摔角書寫作為文藝營課程）」、曾映傑先生主持的週日交流活動、中央大學「松林詩社」社課、萬芳高中林子弘老師指導的「藻談社」社課——時至今日，我總算是交出了不再虛幻的成果了。

十年前，在花蓮高中求學的我，有幸受業於徐素珍老師、詩人凌性傑老師、詩人吳岱穎老師，開啟了我對文學的認識。再將時間往前推一些，我的遠房表姊張珍玲老師開設的「小荳荳作文教室」，更是我自由寫作的開端。謝謝弟弟 Sid 永遠的心理支持（有時也在經濟上接應），謝謝我的父母，包容我的任性與特立獨行。雖然，我自認不是可以在親友閒聊中令眾人稱讚的好兒子，謝謝父母對我寫作從不支持到不反對，沒有強硬干涉、指責我耗費六年青春流轉於中壢、台北、花蓮三間大學的荒唐行徑，希望和您們及親人們分享，我的努力和快樂。

尚未決定的擂台名／筆名

　　所有摔角手被記得的，絕對是那個在擂台上使用的名字，自中學時代開始，寫詩多年的我，也曾因為本名太過菜市場，而暗自立下決定：若有機會出書，得取一個筆名才是。那時我以為自己必定會出的第一本書，不可能是詩集以外的文類了。沒想到因大學頓挫而停止寫作數年的我，竟以小說作為研究所創作組的畢業文類，沒想到真的寫了一本關於職業摔角的小說，更沒想到，關於職業摔角的小說要出版了。進入出版程序後，曾向出版社提出，我可以放棄原來畢業作品的名字，但最終，《擂台旁邊》還是保留下來了。

　　謝謝《擂台旁邊》的所有推薦人，我很惶恐，也很欣喜。謝謝麥田出版社願意給在小說創作與得獎經歷幾乎空白的我，一個讓《擂台旁邊》成為一本真正的書的機會。謝謝林秀梅副總編輯的專業與周到，我學到非常多；謝謝執行編輯張桓瑋的處處細心，是非常愉快的合作經驗，有你真好；謝謝艾青荷行銷主任和行銷團隊的用心；謝謝Amber 及麥田出版的團隊──我是一個過分幸運的人，謝謝《擂台旁邊》讓我有機會經歷這些。

　　最要感謝的是萬亞雰設計師，是她為《擂台旁邊》打

造了如此具有魅力的書封、如此特別的內文版型，謝謝阿萬操刀我的第一本書，我們自十三歲認識至今，從沒想過會以這樣的方式見證友情，真的謝謝。

我希望《擂台旁邊》是一張通往職業摔角世界的邀請函，所有曾經的、現在的摔角迷、甚至是對摔角抱持疑惑的人，都在賓客名單上；地點就位在曾經播放過摔角、和摔角發生過關係的地方；時間則從日本時代一路橫跨到近未來。最重要的是，我們將從台灣出發，我們將從你我身邊出發。

至於在擂台旁邊如此幸運的我，是不是還非得要取一個筆名或擂台名？我想，就不重要了吧。

謝謝摔角，讓我們在擂台旁邊相遇。

參考資料

中文書目──

1 ★ 羅蘭・巴特（Roland Barthes），《神話學》（*Mythologies*）。許薔薔、許綺玲譯，台北：桂冠圖書，1997。

2 ★ 李國弘，《摔角王》。台北：布克文化，2006。

3 ★ 詹金斯（Henry Jenkins），《WOW 效應：流行文化如何抓得住你》（*The Wow Climax: Tracing the Emotional Impact of Popular Culture*）。蕭可斑譯，台北：貓頭鷹出版，2007。

4 ★ 不知火京介（2009），《擂台化妝師》（マッチメイク）。邱振瑞譯，台北：臉譜出版。

5 ★ 邱昱翔，〈擂台即舞臺：職業摔角表演初探〉。國立台北藝術大學戲劇學系碩士論文，2013。

網站資料──

1 ★ F.C.Styles 是個摔角迷。網址：http://fcwrestling2007.blogspot.tw/

2 ★ 「Orange The Commentator」Facebook 專頁。網址：https://www.facebook.com/Mr.NeckBreaker/

影視資料──

1 ★ 戴倫・艾洛諾夫斯基（Darren Aronofsky），《力挽狂瀾》（*The Wrestler*）。109 min／彩色，美國：2008。

2 ★ 鍾權，《正面迎擊》（*Face to Face*）。110 min／彩色，台灣：2013。

英文書目——

1 ★ Sammond, Nicholas.(Ed.) (2005). *Steel Chair to The Head: The Pleasure and Pain of Professional Wrestling*. Durham: Duke University Press.

2 ★ Beekman, Scott M.. (2006). *Ringside: A History of Professional Wrestling in America*. Connecticut: Praeger.

3 ★ Matysik, Larry. (2009). *Drawing Heat The Hard Way: How Wrestling Really Works*. Toronto: ECW Press.

4 ★ Shoemaker, David. (2013). *The Squared Circle: Life, Death and Professional Wrestling*. New York: Gotham Books.

台灣摔角團體——

1 ★ IWL 台灣衝擊摔角聯盟
網址：https://www.facebook.com/ImpactWrestlingLove/

2 ★ NTW 新台灣娛樂摔角聯盟
網址：https://www.facebook.com/NTWwrestling/

3 ★ TEPW 台灣極限職業摔角
網址：https://www.facebook.com/TEPWofficial/

國家圖書館出版品預行編目資料

擂台旁邊 / 林育德著.-- 初版.-- 台北市：麥田，城邦文化出版：家
　庭傳媒城邦分公司發行, 2016.07
　冊；　公分.--（麥田文學；294）

　　ISBN 978-986-344-361-2(平裝)

857.63　　　　　　　　　　　　　　　　　105010435

麥田文學 294

擂台旁邊

作　　　者	林育德	
責 任 編 輯	張桓瑋	
國 際 版 權	吳玲緯　蔡傳宜	
行　　　銷	艾青荷　蘇莞婷　黃家瑜	
業　　　務	李再星　陳玫潾　陳美燕　杻幸君	
副 總 編 輯	林秀梅	
編 輯 總 監	劉麗真	
總 經 理	陳逸瑛	
發 行 人	涂玉雲	

出　　版　　麥田出版
　　　　　　城邦文化事業股份有限公司
　　　　　　104台北市中山區民生東路二段141號5樓
　　　　　　電話：（886）2-2500-7696 傳真：（886）2-2500-1967
發　　行　　英屬蓋曼群島商家庭傳媒股份有限公司城邦分公司
　　　　　　104台北市中山區民生東路二段141號2樓
　　　　　　書虫客服服務專線：(886)2-2500-7718；2500-7719
　　　　　　24小時傳真服務：(886)2-2500-1990；2500-1991
　　　　　　服務時間：週一至週五09:30-12:00；13:30-17:00
　　　　　　郵撥帳號：19863813　戶名：書虫股份有限公司
　　　　　　讀者服務信箱E-mail：service@readingclub.com.tw
　　　　　　歡迎光臨城邦讀書花園　網址：www.cite.com.tw
　　　　　　麥田部落格：http://blog.pixnet.net/ryefield

香港發行所　城邦（香港）出版集團有限公司
　　　　　　香港灣仔駱克道193號東超商業中心1樓
　　　　　　電話：(852)2508-6231　傳真：(852)2578-9337
　　　　　　E-mail：hkcite@biznetvigator.com

馬新發行所　城邦(馬新)出版集團【Cite(M) Sdn. Bhd (458372U)】
　　　　　　41, Jalan Radin Anum, Bandar Baru Sri Petaling,
　　　　　　57000 Kuala Lumpur, Malaysia.
　　　　　　電話：(603)9057-8822　傳真：(603)9057-6622
　　　　　　E-mail:cite@cite.com.my

設　　計　　萬亞雰
電 腦 排 版　宸遠彩藝有限公司
印　　刷　　前進彩藝有限公司

初 版 一 刷　2016年7月
初 版 二 刷　2021年3月
定價／280元

ISBN：978-986-344-361-2
城邦讀書花園
www.cite.com.tw

贊助：文化部
MINISTRY OF CULTURE

讀者回函卡

姓名：＿＿＿＿＿＿＿＿＿＿　　聯絡電話：＿＿＿＿＿＿＿＿＿＿

聯絡地址：□□□□□＿＿＿＿＿＿＿＿＿＿＿＿＿＿

電子信箱：＿＿＿＿＿＿＿＿＿＿＿＿＿＿＿＿＿＿＿＿

身分證字號：＿＿＿＿＿＿＿＿＿＿＿＿＿＿＿＿（此即您的讀者編號）

生日：＿＿＿年＿＿＿月＿＿＿日　性別：□男　□女　□其他

職業：□軍警　□公教　□學生　□傳播業　□製造業　□金融業　□資訊業　□銷售業
　　　□其他＿＿＿＿＿＿＿＿＿＿＿＿＿

教育程度：□碩士及以上　□大學　□專科　□高中　□國中及以下

購買方式：□書店　□郵購　□其他＿＿＿＿＿＿＿＿＿＿＿＿＿

喜歡閱讀的種類：（可複選）

□文學　□商業　□軍事　□歷史　□旅遊　□藝術　□科學　□推理　□傳記　□生活、勵志
□教育、心理　□其他＿＿＿＿＿＿＿＿＿＿＿＿＿

您從何處得知本書的消息？（可複選）

□書店　□報章雜誌　□網路　□廣播　□電視　□書訊　□親友　□其他＿＿＿＿＿＿

本書優點：（可複選）

□內容符合期待　□文筆流暢　□具實用性　□版面、圖片、字體安排適當
□其他＿＿＿＿＿＿＿＿＿＿＿＿＿

本書缺點：（可複選）

□內容不符合期待　□文筆欠佳　□內容保守　□版面、圖片、字體安排不易閱讀　□價格偏高
□其他＿＿＿＿＿＿＿＿＿＿＿＿＿

您對我們的建議：＿＿＿＿＿＿＿＿＿＿＿＿＿＿＿＿＿＿＿＿＿

＿＿＿＿＿＿＿＿＿＿＿＿＿＿＿＿＿＿＿＿＿＿＿＿＿＿＿＿＿

廣　告　回　函
北區郵政管理局登記證
台北廣字第000791號
免　貼　郵　票

英屬蓋曼群島商
家庭傳媒股份有限公司城邦分公司
104 台北市民生東路二段 141 號 5 樓

▼
請沿虛線折下裝訂，謝謝！

文學・歷史・人文・軍事・生活

書號：RL1294　　書名：擂台旁邊